CLÁSICOS ILUSTRADOS DE NIÑAS

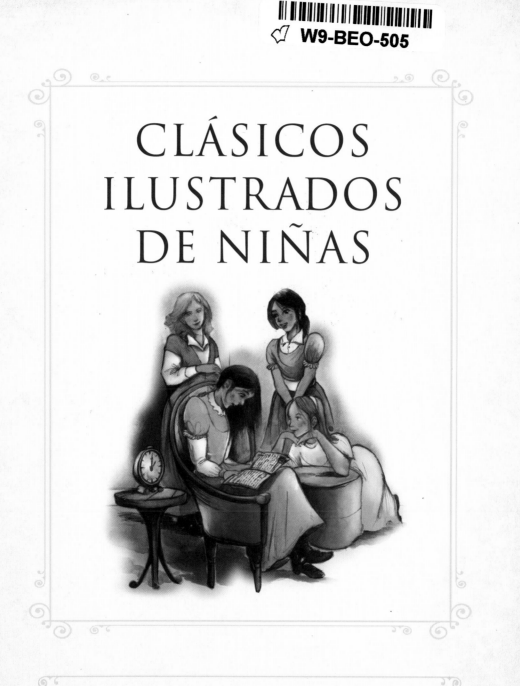

ALICIA EN EL PAÍS DE LAS MARAVILLAS
HEIDI ⦿ MUJERCITAS ⦿ EL MAGO DE OZ

Editora: Lauren Taylor • Diseñadora: Verity Clark y Krina Patel

Copyright © QEB Publishing 2011

Publicado en los Estados Unidos por
QEB Publishing, Inc.
3 Wrigley, Suite A
Irvine, CA 92618

www.qed-publishing.co.uk

Información disponible sobre el registro CIP de la Biblioteca del Congreso.

ISBN 978 1 60992 432 4

Impreso en China

CLÁSICOS ILUSTRADOS DE NIÑAS

ALICIA EN EL PAÍS DE LAS MARAVILLAS
HEIDI ⊚ MUJERCITAS ⊚ EL MAGO DE OZ

Adaptación de Ronne Randall

QEB Publishing

Contenido

EL MAGO DE OZ   6

A partir de los libros de L. Frank Baum
Adaptación de Ronne Randall
Ilustraciones de Liz Monahan

MUJERCITAS   52

A partir de los libros de Louisa May Alcott
Adaptación de Ronne Randall
Ilustraciones de Robert Dunn

ALICIA EN EL PAÍS DE LAS MARAVILLAS   98

A partir de los libros de Lewis Carroll
Adaptación de Ronne Randall
Ilustraciones de Robert Dunn

HEIDI   144

A partir de los libros de Johanna Spyri
Adaptación de Ronne Randall
Ilustraciones de Iva Sasheva

EL MAGO DE OZ

Dorothy vivía con su Tío Henry y su Tía Em en una granja en medio de las grandes praderas de Kansas. El Tío Henry y la Tía Em trabajaban muy duro todo el día. Su piel era del mismo tono de gris que los campos secos y quemados por el sol que los rodeaban; no reían y apenas sonreían.

De cualquier modo, Dorothy reía mucho, especialmente cuando estaba con su pequeño perro, Toto, con su sedoso pelo oscuro y sus alegres ojos negros. Dorothy jugaba con él a diario.

Sin embargo, ahora una tempestad —un ciclón— se aproximaba y Dorothy, Tía Em y Tío Henry se estaban apresurando para llegar al refugio contra tormentas debajo de la granja, donde estarían a salvo.

Toto estaba muy asustado, y justo cuando Dorothy iba a bajar los destartalados escalones del sótano, saltó de sus brazos e intentó esconderse. Dorothy corrió tras él.

—¡Dorothy! —la llamó Tía Em, sosteniendo la puerta del sótano—. ¡Ven rápido! ¡Corre!
Dorothy atrapó a Toto y trató de seguir a su tía. Pero la casa comenzó a estremecerse y a temblar, y Dorothy cayó al suelo. Entonces pasó algo increíble: ¡toda la casa se elevó y dio vueltas en el aire!

Aterrada, Dorothy sostuvo con fuerza a Toto. Pasaron horas pero el viento seguía soplando y la casa seguía girando. Al darse cuenta de que no quedaba nada por hacer más que esperar tranquilamente, Dorothy se arrastró hasta su cama y finalmente se quedó dormida.

Los Munchkins

Una gran sacudida despertó a Dorothy. Cuando miró hacia fuera, apenas podía creer lo que veían sus ojos: ¡esto no era Kansas! Había aterrizado en medio de un hermoso campo lleno de pasto verde y árboles frutales. De pronto, Dorothy vio a unas pequeñas personas marchando hacia ella.

—Nosotros, los Munchkins, te damos la bienvenida a nuestra tierra —dijo un hombre—. Gracias por matar a nuestro enemigo.

—¡No he matado a nadie! —exclamó Dorothy.

—Tu casa lo hizo —afirmó una mujer. Definitivamente, ¡había dos pies saliendo desde debajo de la casa de Dorothy!

—Soy la Bruja Buena del Norte —dijo la mujer—. La Bruja Mala del Este ha mantenido a los Munchkins como esclavos, ¡pero tú los has liberado!

—Toma sus Zapatos de Plata como recompensa por salvarnos —agregó uno de los Munchkins—. Son mágicos.

—Estás en la Tierra de Oz —explicó la Bruja Buena—. Aún queda una Bruja Malvada, La Bruja Mala del Oeste, pero estarás a salvo aquí con nosotros.

—Gracias —dijo Dorothy—, pero solo quiero ir a casa con Tía Em y Tío Henry. Deben estar muy preocupados por mí.

Y comenzó a llorar.

—Tal vez el Gran Oz pueda ayudarte —dijo la Bruja Buena—. El Mago es más poderoso que todos nosotros y vive en Ciudad Esmeralda. Es un largo viaje pero solo necesitas seguir el Camino de Baldosas Amarillas.

La Bruja señaló hacia el camino y besó con amabilidad la frente de Dorothy para darle buena suerte.

Dorothy conoce al Espantapájaros

Dorothy entró a su casa por comida para el viaje que estaba por iniciar. Se puso un vestido limpio y los Zapatos de Plata de la Bruja Mala, ¡le quedaban perfectamente!

Mientras Dorothy y Toto andaban por el Camino de Baldosas Amarillas, muchos Munchkins se les acercaban para hacerles reverencias. Sabían que Dorothy los había salvado de la esclavitud y estaban muy agradecidos. Uno de los Munchkins invitó a Dorothy a cenar y pasar la noche en su casa.

A la mañana siguiente, mientras ella y Toto continuaban su viaje, Dorothy se detuvo a descansar junto a un campo de maíz.

Un espantapájaros andrajoso estaba en medio del campo. Mientras Dorothy contemplaba al Espantapájaros, pensó que lo vio guiñarle. Sí, lo hizo. ¡Guiñó! ¡Luego habló!

—Buen día —dijo él—. ¿Serías tan amable de sacar este palo de mi espalda?

—¡Hablaste! —dijo Dorothy sorprendida mientras caminaba y quitaba al Espantapájaros del palo.

—Muchas gracias —dijo él—. Ahora, ¿quién eres tú y adónde vas?

—Mi nombres es Dorothy y voy a Ciudad Esmeralda para pedirle al Mago que me envíe de vuelta a mi hogar en Kansas.

—Tal vez el Mago me pueda dar un cerebro —dijo el Espantapájaros—. Mi cabeza

está llena de paja. Me encantaría tener algo de cerebro para que la gente no piense que soy un tonto.

—¿Por qué no vienes tú también? —propuso Dorothy.

El Espantapájaros asintió y empezaron a caminar.

Un poco después, el camino se volvió irregular, con varios agujeros y ladrillos faltantes. Las granjas estaban mucho más desgastadas y con menos árboles frutales. Mientras más lejos avanzaban, más deprimente se veía todo.

A la hora de la comida, Dorothy le ofreció al Espantapájaros un poco de pan de su canasta.

—No, gracias —dijo él amablemente—. Nunca me da hambre. Además, mi boca solo está pintada.

El Espantapájaros quería saber todo de Dorothy, así que ella le contó sobre Kansas, la vida con Tía Em y Tío Henry, y cómo los extrañaba terriblemente aunque con ellos todo era aburrido y gris.

El Espantapájaros le contó sobre su vida solitaria. Al principio, los cuervos le temían, pero después un cuervo viejo vino y se paró sobre su hombro. Cuando el cuervo viejo se dio cuenta de que el Espantapájaros no iba a hacerle daño, saltó hacia abajo y comenzó a comerse el maíz. Pronto una parvada de cuervos vino a unírsele.

Dorothy sintió pena por el Espantapájaros, y deseó que el Mago pudiera ayudarlo.

Siguieron caminando y en la tarde llegaron a una cabaña vacía en el bosque. Dorothy y Toto estaban agotados, así que todos entraron a descansar.

El Leñador de Hojalata

De vuelta en el Camino de Baldosas Amarillas, Dorothy escuchó un gemido. Entre los árboles vio a un hombre hecho por completo de hojalata, sosteniendo un hacha. Dorothy y el Espantapájaros lo contemplaban asombrados mientras Toto ladraba.

—He estado así por todo un año —dijo el hombre con una voz que rechinaba.

—¿Cómo podemos ayudarte? —preguntó Dorothy.

—Mis articulaciones se oxidaron y no me puedo mover —explicó el hombre—. Hay una lata de aceite en la cabaña.

Dorothy corrió por la lata y aceitó las articulaciones oxidadas del Leñador de Hojalata para que pudiera moverse de nuevo.

—Definitivamente has salvado mi vida —dijo con un suspiro de alivio—. ¿Cómo es que estás aquí?

—Vamos a Ciudad Esmeralda a ver al Gran Oz —dijo Dorothy—. Quiero que me envíe de regreso a casa y el Espantapájaros quiere pedirle un cerebro.

—¡Tal vez pueda pedirle a Oz un corazón! —exclamó el Leñador de Hojalata—. Alguna vez fui humano, y me enamoré de una Munchkin. La madre de la chica no quería que me casara con su hija, así que le pidió a la Bruja Mala del Este que me convirtiera en hojalata y que se llevara mi corazón. ¡Era el hombre más feliz del mundo!, antes de perder mi corazón.

El Leñador de Hojalata se les unió en su viaje hacia Ciudad Esmeralda. Dorothy y el Espantapájaros estaban encantados de tenerlo como compañero.

El León Cobarde

Dorothy y sus amigos continuaron caminando a través del bosque. Ramas secas y hojas muertas cubrían el Camino de Baldosas Amarillas, haciendo difícil avanzar.

De vez en cuando podían escuchar animales salvajes gruñendo, lo que hacía que el corazón de Dorothy retumbara de miedo. Todos se mantenían muy cerca de ella.

De pronto un rugido terrible vino de entre los árboles y un enorme León saltó al camino. Con un golpe de su garra gigante puso al Espantapájaros a dar vueltas, y con otro derribó al Leñador de Hojalata. Toto corrió hacia el León, ladrando, y este abrió su boca para morder al perrito.

—¡No te atrevas a morder a Toto! —gritó Dorothy, golpeando al León en la nariz—. Deberías avergonzarte. ¡Solo eres un gran cobarde!

Para sorpresa de Dorothy, el León Cobarde agachó la cabeza.

—Tienes razón —dijo—. Sé que cuando rujo todos se asustan, pero la verdad es que, cuando hay peligro, mi corazón late más rápido porque estoy asustado.

—¡Al menos tienes corazón! —dijo el Leñador de Hojalata—. Yo voy a pedirle uno al Gran Oz.

—Y yo, un cerebro —dijo el Espantapájaros.

—¿Creen que el Gran Oz podría darme valentía? —preguntó el León Cobarde.

—Tan fácilmente como puede mandarme de regreso a Kansas —dijo Dorothy—. Eres bienvenido a unírtenos. Con tus rugidos puedes ahuyentar a cualquier bestia salvaje que se nos acerque.

Esa noche, Dorothy y sus amigos acamparon en el bosque. Todo el pan de Dorothy se había terminado, así que no había nada para cenar.

—Mataré un venado si quieres —ofreció el León Cobarde—. Así habría algo de carne.

El Leñador de Hojalata le rogó al León que no matara ningún animal.

—Me haría llorar ver que lastimaran a un inocente venado —dijo—, y las lágrimas oxidarían mi quijada.

El Espantapájaros recogió algunas nueces y llenó la canasta de Dorothy para que no tuviera hambre.

Al día siguiente, el Camino de Baldosas Amarillas entró en una parte oscura y lúgubre.

—Los Kalidahs viven ahí —susurró el León—. Son bestias monstruosas con cuerpos de oso, cabeza de tigre y garras largas y afiladas. ¡Les tengo mucho miedo!

Siguieron caminando cuidadosamente, pero se detuvieron al llegar a un amplio y profundo surco. ¿Cómo cruzarían?

—¡Ya sé! —dijo el Espantapájaros—. Si el Leñador de Hojalata derriba aquel árbol, hará un puente para nosotros.

El Leñador se puso a trabajar, y el árbol pronto cayó de golpe. Justo en ese momento escucharon un fuerte gruñido.

—¡Un Kalidah! —gritó el Espantapájaros—. ¡Corran! Se apresuraron al otro lado del surco y después Leñador de Hojalata cortó en pedazos el tronco del árbol. Justo a tiempo se cayó en la hendidura, llevándose al Kalidah con él. ¡Estaban a salvo!

El campo de amapolas mortales

A la mañana siguiente los viajeros llegaron a un ancho río a la orilla del bosque. El Camino de Baldosas Amarillas continuaba del otro lado, donde había verdes praderas, flores y árboles frutales.

El Leñador de Hojalata hizo una balsa que los ayudaría a cruzar el río y todos abordaron. Pero en medio, la corriente era tan fuerte que rápidamente los envió río abajo y así no podían llegar al otro lado.

—Nadaré hasta la orilla —propuso el León Cobarde—, y jalaré la barca conmigo.

Cuando finalmente llegaron a tierra, se dieron cuenta de que la corriente los había alejado del Camino de Baldosas Amarillas. Mientras caminaban de regreso a la ribera, pasaron por un campo lleno de brillantes amapolas rojas.

—¿No son hermosas? —dijo Dorothy.

De pronto se sintió tan somnolienta que se acostó y se quedó dormida justo ahí, al lado del prado. Toto se durmió junto a ella y un momento después el León se quedó dormido también. Solo el Espantapájaros y el leñador de Hojalata se mantuvieron despiertos, porque no podían oler nada.

—¡Tenemos que sacar a nuestros amigos de aquí! —dijo el Leñador de Hojalata—. Estas amapolas son mortales. Su fragancia pone a dormir a las personas y los animales. Si se quedan aquí, ¡dormirán para siempre!

El León era demasiado pesado para levantarlo, pero juntos lograron cargar a Dorothy y Toto lejos del campo. ¿Una brisa fresca los despertaría?

La Reina de los Ratones del Campo

Mientras vigilaban a Dorothy y Toto, el Leñador de Hojalata y el Espantapájaros vieron a un feroz gato montés persiguiendo a un ratón de campo pequeño y café.

El Leñador de Hojalata sintió pena por el ratoncito, así que levantó su hacha para asustar al felino. El ratón de campo estaba muy agradecido.

—Soy la Reina de los Ratones del Campo —dijo—, y en agradecimiento por salvar mi vida, haremos lo que ustedes nos pidan.

El Leñador de Hojalata y el Espantapájaros preguntaron si los ratones podrían ayudarlos a rescatar a su amigo el León. Los roedores chillaron horrorizados, pero el Leñador de Hojalata les aseguró que era un León Cobarde que no les haría daño, así que los ratones aceptaron ayudar.

El Leñador de Hojalata cortó madera para hacer una carreta mientras los ratones traían hilo, que el Leñador usó para atar a los roedores a la carreta y ellos la jalaron hacia el campo de amapolas. Todos ayudaron a levantar al León y ponerlo en la carreta y la arrastraron de regreso con Dorothy, quien ahora estaba despierta.

—Muchas gracias por salvar a mi amigo el León —dijo Dorothy.

—Si alguna vez nos necesitan de nuevo, solo silben —dijo la Reina de los Ratones del Campo, haciendo un pequeño silbato para Dorothy.

A Ciudad Esmeralda

Cuando Dorothy y sus amigos echaron a andar de nuevo, vieron que todas las casas cercanas al Camino de Baldosas Amarillas estaban pintadas de verde y la gente iba vestida de verde también.

—Debemos de estar acercándonos a Ciudad Esmeralda —dijo Dorothy—, porque todo es verde.

Para la tarde estaban hambrientos y cansados, así que tocaron a la puerta de una granja. El dueño los invitó a cenar con su familia, quienes estaban maravillados cuando Dorothy les contó que iban a ver al Mago de Oz.

—El Gran Oz nunca permite que nadie lo vea —dijo el esposo de la mujer—. Nadie sabe cómo se ve.

—Pero debemos verlo —dijo Dorothy—, de otro modo todo nuestro viaje habrá sido por nada.

Esa noche se quedaron en la granja. A la mañana siguiente, los viajeros agradecieron a la familia y echaron a andar de nuevo. Pronto alcanzaron el muro que rodeaba Ciudad Esmeralda, donde un pequeño hombre hacía guardia en la puerta. Estaba vestido de verde de la cabeza a los pies.

—Hemos venido a ver al Mago —dijo Dorothy.

El hombre estaba asombrado.

—Han pasado muchos años desde que alguien se atrevió a ver al Gran Oz —dijo—. Pero como soy el Guardián de la Puerta, debo llevarlos a él. Sin embargo, primero deben ponerse estos lentes especiales. Deben usarlos día y noche —les advirtió—. De otro modo, ¡quedarán ciegos por el brillo de Ciudad Esmeralda!

El guardián llevó a los cuatro amigos al palacio del Mago. El soldado que los dejó entrar dijo que el Mago los vería, pero por separado y solo a uno cada día.

Dorothy entró primero. Las paredes, el suelo y el techo del cuarto del trono estaban cubiertas de brillantes esmeraldas. Un trono de mármol verde estaba en medio del cuarto, y en él había una cabeza gigante, sin manos ni piernas… ¡y sin cuerpo! ¡Solo una cabeza!

—Soy el Gran y Terrible Oz —dijo una voz estruendosa—. ¿Quién eres tú y por qué quieres verme?

—Por favor —respondió Dorothy—, ¿puedes enviarme de regreso a Kansas, donde están mi Tía Em y mi Tío Henry?

—Te ayudaré —dijo el Mago—, ¡pero primero tú debes ayudarme a matar a la Bruja Mala del Oeste!

Dorothy explotó en llanto.

—¡Pero solo soy una niñita! —exclamó—. No puedo matar a nadie, ¡especialmente no a una bruja!

Al día siguiente fue el turno del Espantapájaros. Esta vez había una hermosa mujer en el brillante trono. Le dijo al Espantapájaros que si quería un cerebro, primero tendría que matar a la Bruja Mala del Oeste.

Para el Leñador de Hojalata el Mago tomó la forma de una bestia terrible, y para el León apareció como una intensa bola de fuego. Pero su condición siempre era la misma: matar a la Bruja Mala. Después de mucha discusión y muchas lágrimas de Dorothy, los cuatro amigos  estuvieron de acuerdo en que solo había una cosa por hacer. Debían destruir a la bruja.

El viaje hacia el oeste

El Guardián de la Puerta le mostró a Dorothy y sus amigos cuál era el camino del oeste. Pronto dejaron atrás la Ciudad Esmeralda, y estuvieron en el difícil y accidentado País del Oeste.

La Bruja Mala del Oeste solo tenía un ojo, pero ese ojo era como un telescopio y podía ver a todas partes. Cuando vio a Dorothy y sus amigos en su tierra, estaba furiosa, y se propuso destruirlos. Primero convocó a una jauría de lobos soplando un silbato de plata que tenía alrededor del cuello.

—¡Desgarren en pedazos a esos extraños! —ordenó.

Los lobos atacaron, pero afortunadamente el Leñador de Hojalata los vio a tiempo y cortó las cabezas de los lobos una por una con su hacha.

Después, la Bruja Mala ordenó a una parvada de cuervos que les picaran los ojos, pero los cuervos se asustaron con el Espantapájaros y se alejaron volando.

La Bruja, más enojada que nunca, mandó un enjambre de abejas a picar a Dorothy y sus amigos hasta matarlos. El Espantapájaros vio a las abejas aproximándose y tuvo una idea: le dijo al Leñador de Hojalata que tomara su paja para que Dorothy, Toto y el León pudieran esconderse debajo de ella. Cuando las abejas llegaron, el Leñador de Hojalata era el único al que pudieron picar y pronto se rompieron sus afilados aguijones en el duro armazón de metal.

Todos ayudaron a rellenar la ropa del Espantapájaros con su paja, y después se echaron a andar de nuevo.

Los Monos Alados

A la Bruja solo le quedaba un recurso por usar. Se puso su Sombrero Dorado y llamó a sus ayudantes más poderosos, los Monos Alados. Solo podía llamarlos tres veces, y esta sería su tercera vez. Cuando los Monos llegaron, la Bruja dijo:

—Destrúyanlos a todos excepto al León. Lo mantendré como mi prisionero.

Los monos atraparon primero al Leñador de Hojalata. Levantándolo muy alto, lo soltaron sobre unas rocas, donde su cuerpo quedó tendido, estropeado y roto.

Atraparon después al Espantapájaros y le sacaron todo el relleno. Luego ataron al León y se lo llevaron volando hasta el patio de la Bruja. Pero cuando vieron la marca del beso de la Bruja Buena en la frente de Dorothy, no se atrevieron a hacerle daño. En vez de eso, la llevaron con la Bruja.

Aunque la Bruja también tenía miedo de la marca y los Zapatos de Plata, pronto se dio cuenta de que Dorothy no sabía de sus poderes mágicos. Decidió convertir a Dorothy en su esclava y encontrar una manera de robarle los zapatos.

Dorothy trabajó duro, barriendo y tallando, y comenzó a temer que nunca volvería a casa. Un día, en un intento por robarle los zapatos, la bruja provocó que Dorothy se tropezara. Esto la hizo enojar tanto que le lanzó una cubeta de agua a la Bruja.

Entonces ocurrió algo maravilloso: ¡la Bruja Mala del Oeste se derritió, dejando solamente un charco!

El rescate

Después de trapear el charco, Dorothy se apresuró al patio para liberar al León. Entonces llamaron a todos los esclavos de la Bruja para decirles que también eran libres. Se llamaban Winkies, y la tierra había sido suya antes de que la Bruja Mala los capturara.

—Si tan solo el Espantapájaros y el Leñador de Hojalata estuvieran con nosotros —dijo el León—, ¡estaría tan feliz!

—¡Los ayudaremos a encontrarlos! —exclamaron los Winkies.

Formaron un grupo de búsqueda y pronto encontraron el cuerpo roto del Leñador de Hojalata. Suavemente, lo cargaron de regreso al castillo de la Bruja, donde Dorothy y el León esperaban ansiosos.

Los mejores hojalateros de los Winkies repararon el cuerpo del Leñador y construyeron una nueva hacha para él con oro y plata brillantes. Encontraron la ropa del Espantapájaros, la cual rellenaron con paja limpia y fresca. ¡Los dos amigos quedaron como nuevos!

Era tiempo de que Dorothy y sus amigos regresaran a la Ciudad Esmeralda y le dijeran al Gran Mago que habían hecho lo que les pidió. Los Winkies les desearon buena suerte y les dieron regalos para su viaje: collares de oro para Toto y el León, un brazalete brillante para Dorothy, una aceitera de plata para el Leñador de Hojalata y un bastón con mango de oro para el Espantapájaros.

Dorothy fue a la cocina por algo de comida para el viaje. Ahí encontró también el Sombrero Dorado de la Bruja.

—Eso se ve lindo —dijo—. Creo que lo usaré.

No había Camino de Baldosas Amarillas que los llevara de regreso a Ciudad Esmeralda desde el castillo de la bruja. Los viajeros tenían que encontrar el camino entre campos de flores salvajes, y pronto estuvieron perdidos.

Vagaron por días, durmiendo bajo las estrellas, esperando ver algo que les mostrara el camino. Finalmente, demasiado cansados para ir más lejos, se sentaron en el pasto.

—¿Creen que los Ratones del Campo conozcan el camino a la Ciudad Esmeralda? —preguntó Dorothy.

Sopló su silbato y después de unos minutos se escuchó el golpeteo de diminutos pies. Pronto estaban rodeados por pequeños ratones cafés.

—¿Pueden decirnos el camino a la Ciudad Esmeralda? —les dijo Dorothy.

La Reina intervino.

—Claro —contestó—. Pero está muy lejos. El Sombrero Dorado de la Bruja le concede tres deseos a quien lo usa. Convoca a los Monos Alados y ellos te ayudarán.

Cuando Dorothy se dio cuenta de que el Sombrero Dorado era más que un adorno lindo, se alegró doblemente de haberlo tomado. Dorothy llamó a los monos. Llegaron muy rápido y accedieron a la petición de Dorothy. Sosteniendo a los cuatro amigos en sus brazos, los Monos Alados se levantaron por los aires y se fueron volando. Muy pronto todos estaban en la Ciudad Esmeralda.

El descubrimiento del Terrible Oz

Después de una larga espera en el palacio del Mago, el soldado finalmente los llevó al cuarto del trono. Una estruendosa voz dijo:

—Soy el Gran y Terrible Oz. ¿Por qué me buscan?

—La Bruja Mala está muerta —dijo Dorothy—. Ahora debes cumplir tus promesas.

—Eh… vuelvan mañana —respondió la voz, un poco temblorosa.

—¡No nos hagas esperar! —rugió el León, tan fuerte que Toto saltó y derribó una pantalla. Para sorpresa de todos, un hombre pequeño estaba parado ahí, temblando.

—¿Quién eres? —preguntó Dorothy sorprendida.

—Soy el Gran y Terrible Oz —dijo el hombre, luciendo avergonzado—. Pero pueden llamarme Oz. Como pueden ver, no soy para nada un Mago. Solo soy un hombre común.

—¿Quieres decir que nos estuviste engañando todo el tiempo? —preguntó Dorothy.

—Sí —admitió Oz culpablemente—. Alguna vez fui ilusionista, así que sabía hacer muchos trucos. La Ciudad Esmeralda ni siquiera es verde. Solo se ve así por los lentes. Solía volar en globos aerostáticos y cuando la gente me vieron saliendo de las nubes, pensaron que era un gran Mago. Por favor no revelen mi secreto.

—¿Pero cómo vas a cumplir lo que nos prometiste? —preguntó el Espantapájaros.

—Vuelvan mañana y haré lo mejor que pueda —dijo Oz.

Oz cumple su promesa

Al día siguiente, el Espantapájaros fue el primero en entrar a ver a Oz. Estaba ansioso por tener su cerebro.

—Tendré que quitarte la cabeza —advirtió Oz—, pero te la volveré a poner, y será mejor que antes.

Quitó la cabeza del Espantapájaros y reemplazó la paja con salvado. Cuando se la volvió a poner al Espantapájaros, dijo:

—Ahora tienes un nuevo cerebro salvador.

—¡Muchas gracias! —exclamó el Espantapájaros. Se apresuró a salir para decirle a sus amigos cuánto más inteligente se sentía.

Después fue el turno del Leñador de Hojalata para obtener su corazón. Oz abrió un cajón y sacó un adorable corazón de terciopelo relleno de aserrín.

—¿Es un corazón noble? —preguntó el Leñador de Hojalata.

—Mucho —dijo Oz y abrió un pequeño agujero en el pecho del Leñador de Hojalata, solo lo suficientemente grande para sostener el nuevo corazón.

Cuando entró el León, Oz tomó una botella verde de la repisa y vertió el líquido en un cuenco.

—Bebe eso —le dijo al León.

—¿Qué es? —preguntó el León.

—Bueno —dijo Oz—, si estuviera dentro de ti, debería ser valentía, porque la valentía siempre viene de adentro.

El León bebió todo el líquido, y dijo que sí se sentía muy valiente. Oz estaba complacido consigo mismo.

—¿Cómo puedo dejar de hacer trucos —se preguntó a sí mismo—, cuando todos quieren que haga cosas que no

se pueden hacer? Pero todavía hay un problema: ¿cómo puedo regresar a Dorothy a Kansas?

Dorothy anhelaba ir a casa, pero Oz necesitaba tiempo para pensar. Al fin envió por ella.

—Tengo un plan —le dijo—. Vine en un globo, y estoy seguro que podemos irnos en uno. Podemos hacer uno de seda, hay mucha seda en el palacio. Lo llenaremos con aire caliente, y nos llevará a casa.

—¿Nos? —preguntó Dorothy—. ¿Vienes conmigo?

—Sí —respondió Oz—. Estoy cansado de mi encierro en este palacio. No puedo ir a ninguna parte, porque si lo hago, todos se darían cuenta de que no soy realmente un mago. Preferiría regresar a Kansas contigo y unirme al circo.

Durante los tres días siguientes, Dorothy ayudó a Oz a hacer el globo. Cuando estuvo terminado, le amarraron una gran canasta de ropa. Oz anunció que iba a visitar a su hermano mago que vivía en las nubes, y que Dorothy iría con él. Una gran multitud fue a verlos irse.

—Mientras no esté —anunció Oz—, el Espantapájaros los gobernará. Obedézcanlo como lo harían conmigo. Ahora ven, Dorothy, sube a la canasta.

El aire caliente estaba haciendo que el globo se levantara y estirara sus cuerdas, pero Dorothy no se iría sin Toto, quien se había ido detrás de un gato entre la multitud.

¡De pronto hubo un fuerte chasquido! Las cuerdas del globo se habían roto, y Oz se fue flotando hacia el cielo. Sin poder hacer nada, Dorothy vio a Oz y al globo alejarse sin ella.

Andando hacia el sur

Ahora que Oz se había ido, Dorothy se preguntó cómo podría regresar a casa. Usó el Sombrero Dorado para llamar a los Monos Alados, pero el Rey Mono dijo que no podían ir a Kansas.

Dorothy no sabía qué hacer hasta que en el palacio del Mago un soldado mencionó que Glinda, la Bruja Buena del Sur, quien gobernaba sobre los Quadlings, podría ser de ayuda.

Dorothy y sus amigos empezaron a caminar hacia el sur, y viajaron durante días. Cruzaron un bosque oscuro y espeso, con árboles guerreros. Luego treparon por un muro alto y liso hacia una tierra en la que el suelo estaba tan blanco y brillante como un plato para la cena, y la diminuta gente estaba hecha de porcelana.

En otro bosque, se toparon con una multitud de ruidosos animales que tenían una junta. Cuando los animales vieron al León, le dieron la bienvenida.

—Has venido justo a tiempo para salvarnos del enemigo —dijeron. El enemigo era una araña gigante que andaba por el bosque, comiendo animales grandes y pequeños.

Ahora que estaba lleno de valentía, audazmente el León se movió con sigilo hacia la araña dormida y, con un golpe, ¡derribó su cabeza!

—No necesitan preocuparse más por su enemigo —dijo el León a los animales. Todas las bestias le hicieron reverencias y dijeron que ahora era su rey. El León prometió volver y gobernarlos cuando Dorothy estuviera camino a casa.

Los Cabeza de Martillo

Tras dejar el bosque, los viajeros llegaron a una empinada colina, cubierta desde arriba hasta abajo por pedazos de piedra. Mientras subían, una gran cabeza con forma de martillo salió de una roca y dijo:

—¡Atrás! ¡Nadie tiene permitido cruzar nuestra colina!

—Vamos a cruzar esta colina te guste o no —dijo el Espantapájaros, avanzando valientemente.

Rápida como un relámpago, la gran cabeza se lanzó hacia adelante mientras su cuello se estiraba. Golpeó fuertemente al Espantapájaros, enviándolo colina abajo dando tumbos. Los rodearon carcajadas, y de pronto aparecieron cientos de Cabezas de Martillo, uno detrás de cada piedra. El León salió corriendo colina arriba, pero antes de que pudiera ir muy lejos, otra cabeza se lanzó hacia delante y lo mandó rodando de regreso.

—Pelear con estas horribles cabezas es inútil —dijo el León mientras se levantaba.

—¿Pero cómo pasaremos la colina? —preguntó Dorothy.

—Llama a los Monos Alados —dijo el Leñador de Hojalata—. Aún te queda un deseo.

Así que Dorothy se puso el Sombrero Dorado y mandó por los Monos Alados. Estuvieron ahí en un instante y llevaron a Dorothy y a sus amigos hacia el sur, al País de Quadling. La tierra tenía campos de cereales maduros y arroyos ondulantes. Todas las cercas, casas y puentes estaban pintados de rojo brillante. Parecía un lugar feliz.

Conociendo a Glinda, la Bruja Buena

Los viajeros llamaron a la puerta de una granja y fueron bienvenidos por la esposa del granjero. Era amable y generosa, y dio a Dorothy y sus amigos una buena merienda. Entonces le dijo cómo llegar al castillo de Glinda, la Bruja Buena.

Cuando llegaron al castillo, Glinda los atendió a todos al mismo tiempo. Era hermosa, con cabello rojo, largo y suelto, y amables ojos azules. Estaba sentada en un trono de rubíes.

Dorothy le dijo a Glinda todo lo que había pasado, empezando por el ciclón.

—Claro que te ayudaré —dijo Glinda—. Pero voy a necesitar el Sombrero Dorado. Dorothy ya había usado su magia tres veces, así que estuvo feliz de dejarlo ir. Entonces Glinda les dijo cómo iba a usar sus tres órdenes.

—Le pediré a los Monos Alados que lleven al Espantapájaros de regreso a Ciudad Esmeralda, donde será un maravilloso gobernante —dijo—. Leñador de Hojalata, tú debes regresar a la Tierra de los Winkies, donde serás un gobernante sabio y de buen corazón. Finalmente, los Monos Alados llevarán al León de vuelta al bosque, donde será Rey de las Bestias.

—¿Qué pasará después con el Sombrero Dorado? —preguntó Dorothy.

—Se lo daré al Rey de los Monos Alados —dijo Glinda—. Entonces él y su grupo serán libres de su poder para siempre.

—¿Pero qué pasará conmigo? —se preguntó Dorothy.

El deseo de Dorothy es concedido

Los deseos del Espantapájaros, el Leñador de Hojalata y el León fueron concedidos y ahora serían los gobernantes de sus propias tierras, pero Dorothy seguía confundida.

—¿Cómo voy a regresar a Kansas? —preguntó.

—Los Zapatos de Plata te llevarán ahí —respondió Glinda—. Si hubieras sabido de su poder, habrías podido regresar a casa el primer día que llegaste aquí.

—¡Pero entonces nunca habría conseguido mi cerebro! —dijo el Espantapájaros.

—¡Ni yo, mi corazón! —soltó el Leñador de Hojalata.

—Y yo hubiera sido un cobarde por siempre —agregó el León.

—Todo eso es verdad —dijo Dorothy—. Me alegra haber ayudado, pero ahora que todos ustedes son felices, lo que más quiero es regresar a Kansas.

—Los Zapatos de Plata tienen poderes maravillosos —dijo Glinda—. Todo lo que tienes que hacer es chocar tres veces tus tacones y decirle a los zapatos adónde llevarte.

Así que Dorothy tendría al fin su deseo. Abrazó y besó a cada uno de sus amigos. Ellos estaban muy tristes por su partida, pero también estaban felices por los otros.

Glinda bajó de su trono para darle a Dorothy un beso de despedida. Luego, tomando a Toto en sus brazos y diciendo un último adiós, Dorothy chocó sus tacones tres veces y gritó:

—¡Llévenme a casa!

De nuevo en casa

Instantáneamente, Dorothy y Toto se elevaron y se fueron dando vueltas por el aire. Todo estaba ocurriendo tan rápido que lo único que Dorothy podía escuchar o sentir era el viento corriendo por sus oídos. Los Zapatos de Plata dieron solo tres pasos, y luego se detuvieron tan de pronto que Dorothy se encontró rodando sobre el pasto antes de saber siquiera dónde estaba.

Finalmente Dorothy se levantó y vio alrededor.

—¡Oh, por Dios! —gritó. Porque podía ver que estaba en la amplia pradera de Kansas. Justo frente a ella estaba la nueva granja que el Tío Henry construyera después de que el ciclón se llevara la vieja. Y ahí, ordeñando a las vacas en el patio tal y como siempre había hecho, estaba el mismísimo Tío Henry. Toto saltó de los brazos de Dorothy y corrió hacia él, ladrando alegremente.

Dorothy se quedó parada, preguntándose adónde se habían ido los Zapatos de Plata. En ese momento, Tía Em salió de la casa, sosteniendo una regadera de plantas. Cuando vio a Dorothy, soltó la regadera y corrió hacia ella con los brazos abiertos.

—¡Oh, mi querida niña! —gritó, abrazando fuertemente a Dorothy y cubriendo su cara de besos—. ¿Dónde habías estado?

Dorothy pensó que su corazón explotaría de felicidad.

—Estuve en la Tierra de Oz —contestó—. Oh, Tía Em, ¡estoy tan feliz de estar en casa!

50

MUJERCITAS

—La Navidad no será Navidad sin regalos —lamentó Jo March, de quince años, tendida cerca del fuego.

—Es terrible ser pobre —suspiró Meg, su hermana mayor— especialmente con Padre tan lejos.

El Señor March estaba prestando sus servicios como ministro en la guerra Civil Estadounidense. La madre de las chicas, a quien ellas llamaban *Marmee*, había sugerido que con Padre dando tanto, tal vez ellas también deberían hacer algunos sacrificios. Así que Jo y Meg, junto con sus hermanas menores Beth y Amy, acordaron pasar este año sin regalos. Pero al poco tiempo las niñas se preguntaron si habían tomado la decisión correcta.

—No debimos haber renunciado a todo —declaró Jo—. Cada una tenemos un dólar, ¡podríamos comprarnos regalos para nosotras!

Beth tenía una mejor idea.

—Ya sé. En vez de eso, ¡compremos regalos para Marmee!

Las demás estuvieron de acuerdo y pronto estaban hablando sobre qué le gustaría más a su madre. En medio del alegre escándalo, Marmee llegó a casa.

—¡Están todas muy contentas! —dijo—. Tengo algo que las hará aún más felices, ¡una carta de Padre!

Las chicas se reunieron alrededor de Marmee mientras ella leía la carta. Padre decía que estaba bien, y que había pensado en sus niñas cada día. Decía que cuando volviera a casa estaría *más orgulloso que nunca de sus mujercitas*. La carta hizo que las chicas retomaran su decisión de ser buenas y no quejarse, para que Padre no se decepcionara de ellas.

Jo despertó temprano la mañana de Navidad para encontrar un pequeño libro llamado *Progreso del peregrino* bajo su almohada, un regalo de Marmee. Cada una de sus hermanas había recibido una copia también. Era la historia de alguien que atraviesa por una vida de problemas pero, siendo bueno y aprendiendo de sus errores, alcanza la felicidad verdadera.

—Marmee quiere que usemos esto como una guía para nuestras propias vidas —dijo Meg, y todas estuvieron de acuerdo en que lo harían. Pero no encontraban a Marmee por ningún lado.

—Un pobre extraño vino a pedir ayuda esta mañana —les dijo Hannah, su cocinera.

Había vivido con la familia desde que Meg nació y era más una amiga que una sirvienta.

—Su ma fue a ver qué se necesitaba.

Las chicas estaban ansiosas por desayunar, pero no empezarían sin Marmee. Después de una hora, ella regresó.

—¡Feliz Navidad, Marmee! —gritaron las niñas—. Gracias por nuestros libros. ¡Los leeremos todos los días!

—Me alegra que les hayan gustado —dijo Marmee—. Y ahora quiero decirles algo. No muy lejos de aquí vive una familia pobre, los Hummels. La madre está enferma, y tiene un bebé recién nacido y seis niños hambrientos. Chicas, ¿les darían su desayuno como regalo de Navidad?

Las barrigas de las niñas estaban gruñendo, pero rápidamente Jo y Meg comenzaron a empacar panqué y pan fresco, Amy trajo panecillos y crema, y Beth dijo que ella ayudaría a cargarlo todo.

Una feliz Navidad

—¡Los ángeles buenos han venido! —gritó la Señora Hummel cuando las chicas llegaron a su puerta. Le dieron la comida y Marmee la ayudó con el bebé. Se fueron con los estómagos vacíos pero con los corazones llenos, sabiendo que habían animado a sus vecinos.

En casa, después de un desayuno de pan y leche, las niñas le dieron a Marmee sus regalos: pantuflas, pañuelos y una loción. Estaba encantada con todo. Después montaron una obra que involucraba varios cambios de vestuario y muchas risas. Al final, Hannah entró y dijo que era tiempo de cenar.

Pensaron que Marmee les podría haber preparado alguna pequeña sorpresa, pero se asombraron al encontrar un gran festín: helado —¡de dos sabores!—, dulces, pastel y fruta.

—¿Los trajeron las hadas? —dijo Amy suspirando.

—¿O Santa Claus? —preguntó Beth.

—No —se rio Marmee—. Es de parte del Señor Laurence, el anciano caballero de la casa de al lado. Se enteró de lo que ustedes hicieron esta mañana, niñas, y quiso recompensarlas.

—Apuesto a que su nieto le dio la idea —comentó Jo—. Parece un lindo chico, y creo que le gustaría hablar con nosotras, pero es muy tímido.

—Parece un buen joven —dijo Marmee—, así que yo estaría feliz de que lo conocieran. Pero ahora, ¡disfrutemos de nuestro banquete!

—Desearía que Padre pudiera disfrutarlo con nosotros —suspiró Beth—. Me temo que no esté pasando una Navidad tan feliz.

Después de Navidad, Meg y Jo fueron invitadas al baile de Año Nuevo en casa de la amiga de Meg, Sallie Gardiner. Se pusieron sus mejores vestidos, pero Jo descubrió que el suyo tenía una quemadura en la espalda. Aunque trató de arreglarlo, le seguía preocupando que se notara.

Cuando llegaron, a Meg rápidamente la sacaron a bailar. Sintiéndose tímida, Jo se escabulló hacia el hueco de un ventanal. Para su sorpresa, encontró a alguien más escondiéndose ahí: ¡un chico!

—¡Oh! —exclamó Jo—. Es el nieto del Señor Laurence, de la casa de al lado.

—Sí —dijo él, sonriendo cálidamente—. Llámeme *Laurie*.

Pronto estuvieron platicando como viejos amigos y viendo a los bailarines desde atrás de la cortina. Cuando Jo comenzó a mover su pie con la música, Laurie la invitó a bailar, pero Jo se sentía avergonzada por la quemadura en su vestido.

—No se preocupe —dijo Laurie—. Bailaremos bajo el vestíbulo, ¡donde nadie pueda vernos!

Y bailaron una animada polka, danzando hasta que se quedaron sin aliento.

De pronto Meg apareció, su cara contraída por el dolor.

—¡Me torcí el tobillo! —lloró.

—El carruaje de mi abuelo estará aquí pronto —dijo Laurie—. Por favor, permítanme llevarlas a casa.

Las chicas aceptaron agradecidas y se sintieron magníficamente mientras viajaban de regreso.

—¿Sabes? —dijo Jo, mientras se preparaban para dormir—, aun con mi vestido quemado y tu tobillo torcido, ¡no creo que nadie se la haya pasado mejor que nosotras esta noche!

Siendo buenos vecinos

Hubo una gran tormenta de nieve, y Jo salió a limpiar el camino en el jardín. Cuando volteó hacia la casa de Laurie y lo vio mirando hacia afuera desde una ventana de arriba, lo saludó con la mano y gritó:

—¡Hola! ¿Cómo está?

—Mucho mejor, gracias —dijo Laurie—. He estado atrapado aquí adentro con un resfriado toda la semana. ¡Es muy aburrido estar solo aquí arriba! ¿Puede venir a visitarme?

Jo consiguió permiso de Marmee, luego se apresuró a ver a su nuevo amigo.

Hablaron sobre la familia de ella, y Laurie le contó sobre su abuelo, quien pasaba la mayor parte de su tiempo leyendo. Cuando Jo dijo que ella también amaba los libros, Laurie la invitó a ver la biblioteca de su abuelo, y mientras ella la estudiaba, dijo:

—Solía creer que él era atemorizante, pero tiene unos ojos tan amables.

—Bueno, gracias —dijo una voz detrás de ella. Para horror de Jo, ¡el abuelo de Laurie estaba parado justo ahí!

—Así que ya no me tiene miedo, ¿eh? —agregó. Luego sonrió y le ofreció su mano.

Jo la estrechó y sonrió de vuelta, y le agradeció de nuevo por el festín de Navidad que les envió. Él dijo que Jo y sus hermanas eran bienvenidas a visitarlos en cualquier momento.

—¿Qué irá a decir Meg de esto? —pensó Jo alegremente, mientras regresaba a casa esa tarde.

El señor Laurence le hizo una visita a la señora March y pronto conoció a todas las niñas, excepto a Beth, que seguía temiendo sus modos gruñones. Aun así, añoraba visitar la casa de los Laurence. Sabía que tenían un piano grandioso, y deseaba poder tocarlo. Cuando Jo le dijo al señor Laurence sobre el amor de Beth por la música, él hizo un plan. En una de sus visitas, el señor Laurence comenzó a contarle a la señora March sobre su piano.

—Nadie lo usa —dijo—. ¿A alguna de ustedes le gustaría tocarlo alguna vez, niñas?

Beth, quien había estado cosiendo en la esquina del cuarto, no pudo permanecer callada.

—Yo lo haría —contestó—, si está seguro de que no molestaré.

—En lo más mínimo, querida —dijo el señor Laurence—. Estaré en mi estudio, así que no me molestará para nada. Vaya y toque cuanto quiera.

Así que Beth fue y tocó el grandioso piano casi cada día, y el señor Laurence comenzó a dejar libros de música para ella. Estaba tan agradecida con él que le hizo un par de pantuflas como regalo.

El señor Laurence estuvo conmovido por el obsequio de Beth. En agradecimiento le envió un pequeño piano, solo para ella. Le pertenecía a su nieta, quien había muerto.

Para asombro de su familia, Beth corrió a agradecerle.

—He venido a decirle gracias —comenzó, luego arrojó sus brazos alrededor del señor Laurence y le dio un beso.

La gruñonería del señor Laurence desapareció: se sintió como si su propia nieta hubiera vuelto. Y Beth nunca más volvió a tenerle miedo.

La humillación de Amy

Un día, Amy le confesó a Meg que tenía una gran deuda.
—Le debo a las chicas de la escuela al menos una
docena de limas almibaradas —dijo—. Ellas se las comen
cuando el maestro no está mirando —explicó Amy—, si
le agradas a una chica, te dará una lima y se supone que
tú le des otra de regreso. Yo he tenido muchas, pero no las
puedo corresponder, porque no tengo dinero.

Meg trabajaba como institutriz para la familia de los King,
así que tenía dinero para darle a su hermana. Al día siguiente,
en su camino a la escuela Amy compró 25 limas almibaradas.
Cuando las otras chicas se dieron cuenta, todas fueron
especialmente amables con ella, incluso Jenny Snow, quien
le había dicho groserías a Amy en el pasado. Ella no había
olvidado la crueldad de Jenny, le envió una nota que decía:
«No necesitas ser tan amable. No conseguirás ninguna lima».

Esto hizo enojar tanto a Jenny que le dijo al maestro,
el señor Davis, sobre las limas almibaradas de Amy. El
señor Davis las había prohibido, así que llamó a Amy
a su escritorio y le azotó la mano. Su cara se incendió
de vergüenza. Esa tarde, Amy le contó a su mamá entre
lágrimas lo que había pasado.

—Rompiste las reglas y mereces ser castigada —dijo
Marmee—. Pero no apruebo los métodos del señor Davis
y pienso encontrarte otra escuela. Hasta entonces, puedes
estudiar en casa con Beth.

Amy estuvo complacida con esto.

—Quisiera que todas las niñas se fueran —dijo—, ¡y
arruinaran esa horrible escuela!

Un sábado en la tarde, Meg y Jo estaban arreglándose para ir al teatro con Laurie cuando Amy entró a su cuarto.

—¿Puedo ir con ustedes? —les preguntó—. He estado anhelado ver *Los siete castillos*.

Tanto Jo como Meg le recordaron a Amy que no había sido invitada, pero Amy seguía rogando.

—Oh, déjenme ir —rogó—. No tengo nada que hacer y me muero por algo de diversión, ¡por favor!

Meg estaba por ceder cuando Jo dijo:

—Si ella va, ¡yo no voy! ¡Qué maleducado de parte de Amy meter su nariz en esto!

Amy comenzó a llorar.

—¡Te arrepentirás de haber dicho eso, Jo March! —lloriqueó, y Jo hizo que la puerta se azotara mientras bajaba las escaleras con Meg.

Esa tarde, cuando Meg y Jo llegaron a casa, Amy estaba leyendo en la sala y ni siquiera levantó la vista para saludar. Jo corrió a su cuarto y se dio cuenta de que su libreta, en la que escribía todas sus historias, había desaparecido. Se apresuró a la sala.

—¿Alguien ha visto mi libreta? —preguntó.

—No —dijeron Meg y Beth al mismo tiempo.

—Amy, ¿tú la tienes? —preguntó Jo.

—No —contestó Amy—, ¡porque la tiré en el fuego!

Jo se puso pálida, después agarró a su hermana y la sacudió.

—¡Malvada niña, malvada! —dijo llorando—. ¡Nunca más podré volver a escribir esas historias!

66

—¡Nunca te perdonaré mientras viva!—.

Jo se negaba a dirigirle la palabra a Amy. Al día siguiente, decidió animarse yendo a patinar con Laurie. Amy lamentó lo que había hecho y quería disculparse con Jo, así que tomó sus patines y la siguió hasta el río.

Cuando vio venir a Amy, Jo le dio la espada. Incluso, cuando escuchó a su hermana pasando apuros en el hielo, pensó:

—¡Puede cuidarse sola!

Laurie patinó hasta Jo.

—El hielo en medio no es muy seguro —le advirtió—. Manténgase cerca de la orilla.

Un extraño presentimiento hizo que Jo se diera la vuelta, ¡justo a tiempo para ver a Amy cayéndose entre el hielo! Jo estaba paralizada de miedo, pero Laurie actuó de inmediato y pronto sacaron a Amy.

Afortunadamente no estaba herida. Laurie la envolvió en su abrigo y la llevaron a casa.

Cuando Amy estuvo arropada en cama, Marmee se ocupó de las manos de Jo, que se habían hecho trizas por el hielo.

—Amy se pudo haber ahogado —lamentó Jo—, y hubiera sido mi culpa. ¿Alguna vez seré capaz de controlar mi terrible temperamento?

—Nunca dejes de tratar —dijo Marmee tiernamente—. ¡Yo he estado tratando de controlar el mío por cuarenta años!

Saber que su buena y gentil madre tenía fallas como las suyas hizo que Jo se sintiera mejor. Un poco más tarde, fue a ver a Amy, quien le extendió los brazos con una sonrisa que fue directo al corazón de Jo. Se abrazaron y todo estuvo olvidado en un instante.

Meg va a la feria de la vanidad

El invierno terminó y la primavera trajo emoción para Meg. Ella y Sallie Gardiner habían sido invitadas a la casa de su amiga, Annie Moffatt, para unas vacaciones de dos semanas. Sus hermanas ayudaron a Meg a empacar. Todas platicaron sobre la diversión que tendría Meg.

—Desearía poder llevarlas a todas conmigo —lamentó Meg.

Al principio Meg se sintió fuera de lugar en la enorme y espléndida casa de los Moffatt. Pero Annie y sus hermanas mayores la llenaron de mimos, y cariñosamente la llamaron *Margarita*. Sus días estuvieron llenos de compras, salidas, viajes al teatro y chismes de chicas. Meg pronto empezó a envidiar sus ropas elegantes y sus cosas bonitas. Sus propios vestidos simples y muy usados parecían harapientos en comparación.

Una tarde, Meg escuchó a la Señora Moffatt hablando con una amiga sobre el baile que estaba organizando para las niñas al final de las vacaciones.

—He invitado al joven Laurence para Margarita March —decía—. Me atrevería a decir que su madre tiene planes para ellos.

—Él es un gran partido para ella —dijo la amiga de la Señora Moffatt—. Después de todo, la familia de él es muy rica.

Meg no podía creer lo que escuchaba. ¿Cómo podía alguien pensar que Marmee sería tan calculadora? Luchando por contener sus lágrimas, fingió que no había

escuchado nada y regresó adonde estaban sus amigas con una sonrisa en el rostro.

Todas las chicas esperaban el baile. Sería una oportunidad para usar sus vestidos y joyas más elegantes, y pasar una tarde bailando con algún joven apuesto.

—Usaré mi nuevo vestido de seda rosa —dijo Sallie la noche antes del baile—. ¿Tú qué te vas a poner, Margarita?

—Mi vieja muselina blanca —respondió Meg en voz baja.

—¡Tengo una idea! —dijo Belle, la hermana de Annie—. Puedes tomar prestado mi vestido de seda azul cielo. Te vestiremos como a Cenicienta, ¡y yo seré tu hada madrina!

Al día siguiente, Meg disfrutó la atención de las otras chicas mientras le rizaban el cabello y apretaban los lazos del vestido escotado de Belle y sus botas de seda. Le prestaron sus brillantes aretes, un collar y un brazalete de plata, y pintaron sus labios y mejillas.

Meg no podía esperar a que Laurie la viera. Pero cuando lo hizo, Laurie frunció el ceño.

—¿No le gusta cómo me veo? —le preguntó ella.

—No —respondió él—. No me gustan lo escandaloso ni los disfraces. Me gusta la Meg real, la que alguna vez conocí.

Meg se sintió boba y avergonzada. Se dio cuenta de que las otras niñas solo la habían visto como una muñeca con la cual jugar, y que ella realmente no pertenecía al mundo de Annie Moffatt, ¡ni siquiera le gustaba! Le rogó a Laurie que no le contara a nadie lo tonta que había sido.

Ella y Laurie pasaron un buen rato esa tarde, pero Meg se sintió contenta de que las vacaciones estuvieran llegando a su fin. Estaba deseosa de abandonar a *Margarita*.

Experimentos

La primavera se convirtió en verano, y Beth y Amy tuvieron un descanso de sus estudios. Los patrones de Meg se fueron a la playa, y Jo, quien ayudaba a su anciana Tía March, estaba libre también, mientras su tía se quedaba con amigos. Pronto las cuatro niñas quisieron tener un verano de descanso, y le rogaron a Marmee que les diera un tiempo fuera de sus tareas.

—Pueden intentarlo por una semana —dijo la señora March—. Creo que para el sábado podrían cambiar de parecer.

Los primeros días, las chicas tuvieron un tiempo maravilloso. Jo leyó hasta que sus ojos se irritaron, Meg le cosió nuevos adornos a todos sus vestidos, Amy dibujó y Beth tocó el piano. Pero para el viernes todas estaban aburridas e inquietas. Nadie quería admitirlo, pero Marmee tenía razón.

Así que el sábado las chicas decidieron hacer un almuerzo especial para sorprender a Marmee. Jo nunca había hecho una comida completa, pero quería hornear pan y preparar langosta y espárragos, con fresas de postre. Sus hermanas se ocuparon de ordenar la casa.

¡Qué desastre! Jo quemó el pan, hizo un estropicio con la langosta y sobrecoció los espárragos. Luego puso sal en vez de azúcar sobre las fresas.

Pero en vez de llorar, Jo vio el lado divertido de todo y se echó a reír. Así que todas lo hicieron. El almuerzo terminó en risitas y promesas de las niñas de mantenerse ocupadas por el resto del verano.

—Y mi tarea especial de las vacaciones —anunció Jo— ¡será aprender a cocinar!

Campamento Laurence

«Querida Jo, ¿qué tal?», así comenzaba la nota de Laurie. Continuaba diciendo que recibiría a unos amigos de Inglaterra y planeaba un día de campo para ellos.

—¡Bienvenidos al Campamento Laurence! —anunció Laurie mientras llegaban las chicas. Realmente parecía un campamento, había una gran carpa en el césped, para cubrirlos del caliente sol. El día de pícnic era perfecto.

Laurie presentó orgullosamente a sus amigos: Kate Vaughn era un poco mayor que Meg; sus hermanos, los gemelos Fred y Frank, eran de la edad de Jo. Grace, la hermana menor de Kate, pronto se hizo amiga de Beth y Amy. El tutor de Laurie, John Brooke, también estaba ahí.

Jugaron croquet y después comieron un delicioso almuerzo. Luego de eso, todos se fueron a la carpa.

—Pregunte a Kate si sabe algunos juegos —le dijo Jo a Laurie—. Debería ponerle más atención, es su invitada.

—Pensé que ella y el señor Brooke se emparejarían —dijo Laurie—, ¡pero no ha dejado de hablar con Meg en todo el día!

Jo se dio cuenta de que Laurie tenía razón. Meg y el señor Brooke estaban alejados en un rincón, profundamente metidos en su conversación, y el señor Brooke no podía quitarle los ojos de encima a Meg. Para el final del día, todos estaban cansados pero felices. Se quitó la carpa y empacaron las cosas del pícnic.

—Ha sido un día adorable —le dijo Kate al señor Brooke.

—No podría estar más de acuerdo —dijo el señor Brooke mientras observaba a Meg y sus hermanas yéndose a casa.

Una borrascosa tarde de octubre, Laurie, quien estaba en la ciudad para su clase de esgrima, vio a Jo entrar a un edificio con un letrero de dentista sobre la puerta. Decidió esperarla. Diez minutos después, Jo salió, con el rostro un poco rojo.

—¿Dolió mucho? —preguntó él.

Jo explotó en carcajadas.

—¡No estaba con el dentista! —dijo—. Me encontraba arriba, en las oficinas del periódico.

—¿Por qué? —preguntó Laurie intrigado.

—Es un secreto —dijo Jo misteriosamente—. Si le digo, ¿promete no decirle nada a nadie?

—Ni una palabra —le aseguró Laurie.

Jo le reveló que había dejado un cuento con el editor del periódico semanal.

—¡Hurra! —gritó Laurie—. Seguro que lo publicarán, Jo. Sus cuentos son el trabajo de un genio.

El sábado en la mañana, Jo tomó el periódico antes de que nadie más pudiera verlo. Se apresuró a la sala.

Pocos minutos después, sus hermanas entraron.

—¿Qué estás leyendo? —le preguntó Meg.

—Un cuento—respondió Jo como si nada—. ¿Se los leo?

Por supuesto, todas dijeron que sí.

Las chicas estuvieron encantadas con la historia, y cuando Jo hubo terminado, Beth preguntó:

—¿Quién la escribió?

Jo no pudo contenerse más.

—¡Tu hermana! —anunció. Rebosante de felicidad, sostuvo la página para que todas la vieran.

«Los pintores rivales —decía— por la señorita Josephine March».

Un telegrama

El clima frío de noviembre puso a las chicas en un estado sombrío, pero siempre se animaban cuando Marmee llegaba a casa. Una tarde, Laurie apareció detrás de ella, lo que alegró mucho más su humor. Antes de que Marmee se sentara siquiera, sonó el timbre de la puerta. Un momento después, Hannah vino con un telegrama. Mientras Marmee lo revisaba, su cara se puso pálida. En lo que Laurie le traía un vaso de agua, Jo leía el telegrama.

Señora March, su esposo está muy enfermo. Venga en seguida.
S Hale, Hospital Blank, Washington.

Las chicas empezaron a llorar. Marmee las reunió en un abrazo. Le pidió a Beth que le preguntara al señor Laurence si podía compartirles un poco de comida, pues sabía que los recursos del hospital eran bajos. Luego escribió una nota para que Laurie se la llevara a Tía March.

—Tengo que tomar prestado dinero para el boleto de tren —explicó—, pero si será de ayuda lo haré.

Beth trajo una canasta con comida y vino del señor Laurence, y un momento después el timbre de la puerta sonó. Meg atendió y estuvo sorprendida al ver a John Brooke.

—Lamento escuchar lo de su padre —dijo—. He venido a ofrecerle mi compañía para su madre en Washington.

—¡Qué amable de su parte! —dijo Meg. Lo invitó a pasar de inmediato y llamó a Marmee y a sus hermanas. Entre su tristeza, la familia March encontró en la generosidad de John Brooke un gran consuelo.

Los preparativos para el viaje de Marmee estaban en camino. Meg planchó y Amy y Beth ayudaron a empacar. Sin embargo, Jo había desaparecido desde que Laurie se fue. Laurie volvió con una nota y dinero de la Tía March. Marmee frunció el ceño mientras leía la nota. La Tía March escribió que siempre había estado en contra de que el señor March se uniera al ejército, y que deberían haberla escuchado. Pero tenía suficiente dinero guardado para el boleto de tren de Marmee.

De pronto, Jo irrumpió en la casa, sosteniendo con fuerza un puñado de dólares para Marmee.

—Aquí hay veinticinco dólares —dijo con la voz un poco entrecortada—. Es mi contribución.

—¿Dónde lo conseguiste? —preguntó Marmee. En respuesta, Jo se quitó su sombrero. Todos quedaron boquiabiertos: ¡su largo y delgado cabello castaño había sido cortado al ras!

—¡Tu hermoso cabello! —lloró Meg.

—Oh, no, Jo, ¿cómo pudiste? —gimió Amy mientras Beth abrazaba con ternura la cabeza rapada de su hermana.

—Estaba desesperada por hacer algo por Padre —explicó Jo—, y entonces pasé por una barbería con coletas de cabello en la ventana. Tenían etiquetas con precios pegadas a ellas, y eso me dio la idea.

Marmee abrazó a Jo, diciéndole que había hecho un gran sacrificio por amor. Luego todos se prepararon para cenar y acostarse temprano. Sabían que iban a necesitar sus fuerzas en los días por venir.

Días oscuros

A la mañana siguiente, las niñas se despidieron valientemente del señor Brooke y de su madre.

—Parece que la mitad de la casa se ha ido —dijo Meg tristemente. Ella quería quedarse mientras Marmee no estaba, para cuidar las cosas. Pero Amy y Beth insistieron en que podían ocuparse de los cuidados de la casa con Hannah, y que Meg y Jo deberían ir a trabajar como siempre.

Durante una semana, las cuatro chicas trabajaron duro y esperaron ansiosas por noticias. John Brooke escribía frecuentemente, y cuando les dijo que su padre estaba bien, se sintieron aliviadas y el ánimo en la casa fue menos tenso.

Durante la siguiente semana, las niñas también se relajaron en sus deberes. Jo se resfrió y se quedó en casa leyendo, porque la Tía March no quería contagiarse. Amy comenzó a pasar más tiempo dibujando que limpiando y cocinando. Y Meg gastó la mayor parte de su tiempo en casa leyendo las cartas de John Brooke.

Solo Beth continuó con sus tareas, y visitando a la familia Hummel como Marmee lo había estado haciendo.

Un día, Beth preguntó si una de sus hermanas podía visitar a los Hummel en vez de ella, porque tenía dolor de cabeza y estaba muy cansada. Subió las escaleras para recostarse, y Jo la siguió. Encontró a Beth hurgando en el armario de las medicinas de Marmee, con los ojos rojos y luciendo febril.

—¿Cuál es el problema? —exclamó Jo.

—El bebé Hummel tenía escarlatina —respondió Beth débilmente—. Murió en mi regazo. Ahora creo que yo también la tengo.

Jo llamó a Hannah, quien envió por el doctor Bangs. El médico confirmó que Beth tenía escarlatina. Amy, que nunca la había tenido y por tanto estaba en peligro de contagiarse, fue enviada a quedarse con la Tía March hasta que Beth se recuperara.

En los días oscuros que siguieron, Hannah raramente dejaba de estar junto a Beth, y el doctor Bangs iba a verla cada día. Las chicas no querían decirle a Marmee sobre la enfermedad de Beth hasta que mejorara, pero Beth, día tras día, daba vueltas y ardía en fiebre. Meg y Jo estaban abrumadas por el terror: ¿tendrían que decirle adiós a su preciosa hermana menor?

Jo se apresuró a la calle para enviarle un telegrama a su madre. Cuando regresó, llegó Laurie. Tenía una carta del señor Brooke diciendo que el señor March estaba fuera de peligro. Tristemente, estaban muy preocupadas por Beth como para que eso fuera mucho consuelo.

—Tengo más noticias —dijo Laurie—. Telegrafié a su madre ayer, y le pedí que viniera a casa. Su tren llega justo después de la medianoche.

—Oh, Laurie, ¿cómo podremos agradecerle? —lloró Jo, arrojando sus brazos alrededor de su cuello.

Esa noche, cuando Jo revisó a Beth, vio que su cara sonrojada se había puesto pálida, y que estaba inmóvil. Pensando que Beth había muerto, despertó a Hannah, quien vino corriendo. Hannah puso su mejilla en la frente de Beth, y el alivio recorrió todo su rostro.

—¡La fiebre cedió! —dijo—. ¡Bendito seas!

Padeciendo a Tía March

Aunque lejos de la preocupación y la tensión por la enfermedad de Beth, Amy pasaba momentos difíciles en la casa de Tía March. Su tía le tenía mucho cariño. Pero estaba determinada a no mostrarlo, para no malcriarla.

Amy se sentía atrapada por las estrictas reglas de Tía March y sus modales propios y mojigatos. Y también tenía tareas que hacer: lavar las tazas del té, pulir las cucharas y la tetera de plata, sacudir el sofá. En las tardes, debía sentarse a escuchar las largas y aburridas historias de Tía March sobre sus días de juventud. ¡Cuánto extrañaba Amy el calor y la alegría de su casa y de su familia!

Las únicas cosas que hacían tolerable la vida para ella eran las visitas de Laurie y la amistad de la mucama francesa de Tía March, Esther. Ella era amable con Amy y frecuentemente la dejaba revisar los estuches con joyas de su tía.

Un día, Esther vio a Amy admirando algunos de los anillos de Tía March.

—¿Sabe? —dijo—, madame March planea darle ese pequeño anillo de turquesa cuando se vaya a casa, si sigue siendo una buena chica y complaciéndola.

El anillo era hermoso, y Amy decidió hacer todo su trabajo sin una sola palabra de queja desde ese momento y en adelante. Pero ni siquiera la idea de tener el anillo de turquesa hacía feliz a Amy. Mientras decía sus oraciones esa noche, agregando una plegaria extra por la recuperación de Beth, supo que todos los anillos lindos del mundo significarían nada para ella si perdiera a su amada hermana.

La primera cara que vio Beth cuando despertó de su complicado sueño fue la de su madre querida. Meg y Jo pudieron descansar y ambas durmieron pacíficamente por primera vez desde que Beth se enfermó.

Cuando las chicas despertaron, tarde esa noche, Marmee finalmente dejó el lado de la cama de Beth para visitar a Amy.

Ella estaba rebosante de alegría por ver a su madre y por escuchar las noticias sobre Beth. Le contó cómo había rezado por la recuperación de Beth, lo que alegró a Marmee. Y ella habló sobre los apuros que había pasado.

Marmee notó el anillo de turquesa en el dedo de Amy.

—La Tía March me lo dio hoy —comentó Amy—. Me dijo que yo era un orgullo para ella, y que desearía poder conservarme para siempre.

—¿No crees que eres muy joven para un anillo de adultos? —preguntó Marmee.

—Tal vez —respondió Amy—. Pero quiero usarlo por una razón especial. Siempre me hará pensar en Beth, que es tan amable y generosa, y en que ser egoísta es mi peor defecto.

—Si te ayudará a hacer lo que es mejor —dijo Marmee—, puedes usar el anillo.

Luego besó a Amy en la frente y comentó que debía que regresar con Beth.

—Sigue bastante enferma —explicó a Amy—, así que aún no es seguro que vuelvas. Pero pronto estarás de regreso. Amy sabía que no sería lo suficientemente pronto para ella.

Tía March resuelve el problema

Más tarde esa noche, Marmee y Jo estaban sentadas juntas. Marmee le preguntó suavemente a Jo:

—¿Crees que Meg esté interesada en John Brooke?

—No estoy segura —respondió Jo—. Pero creo que al señor Brooke le gusta ella.

—Tienes razón —dijo Marmee—. Cuando estábamos en Washington él nos dijo a Padre y a mí que amaba a Meg y que quería casarse con ella. Es un buen hombre, pero creemos que a los diecisiete Meg es demasiado joven para estar comprometida.

—Gracias a Dios —dijo Jo—. ¡No quiero a nadie llevándose a mi hermana de mi lado!

Pocos días después, Jo encontró un trozo de papel en el escritorio de Meg con un «señor John Brooke» escrito en él. Tuvo un terrible presentimiento sobre él.

Una tarde, Meg estaba leyendo en la sala cuando John Brooke vino a la puerta.

—Pase —dijo Meg nerviosamente—. Iré por Madre.

—Por favor quédese —dijo el señor Brooke—. Es a usted a quien he venido a ver. Espero que no me tenga miedo.

—Claro que no —aseguró Meg, ruborizándose.

—Meg —dijo el señor Brooke—debo dejarle saber lo que hay en mi corazón. La amo y quiero que estemos juntos.

—Yo… yo soy demasiado joven para pensar en esas cosas —tartamudeó Meg, quitando su mano—. Creo que lo mejor será que se vaya y me deje sola.

Con el corazón roto, John Brooke se levantó y se fue, cruzándose con Tía March, quien venía entrando.

—¿Qué está pasando aquí? —demandó saber Tía March, cruzando el cuarto. Viendo la cara sonrojada de Meg, preguntó—: ¿Te propuso matrimonio?

Cuando Meg no respondió, la Tía March dijo gritando:

—¡No me digas que lo aceptaste! Es demasiado pobre para mantenerse a él mismo, ¡mucho menos a una esposa! Si te casas con él —advirtió— ¡no tendrás ni un penique de mi dinero!

Las mejillas de Meg se encendieron de furia. ¿Cómo se atrevía Tía March a pensar que lo único que le importaba era el dinero?

—Me casaré con quien yo quiera —le dijo valientemente a su tía— ¡y usted puede darle su dinero a quien quiera!

—No seas tonta —la regañó Tía March—, si te casas con un hombre rico pasarás tu vida cómodamente. Puedes tener algo mucho mejor que John Brooke.

—No podría tener algo mejor ni aunque esperara para siempre —respondió Meg—. John es bueno y sabio y valiente y talentoso, y estoy orgullosa de que él me ame.

—Ya que no escucharás razones —lloriqueó Tía March—, lo mejor será que me vaya.

Y salió furiosa.

Un momento después, John Brooke volvió a entrar a la casa, había estado justo afuera de la puerta y había escuchado todo.

—Gracias por defenderme —dijo —y por probar que le importo, al menos un poco.

—No me di cuenta cuánto me importaba hasta que Tía March comenzó a criticarlo —dijo Meg.

—Seremos felices juntos, ¿no, Meg? —preguntó él.

—Sí, John —contestó ella—. Lo seremos.

Las semanas antes de Navidad fueron felices para la familia March. Beth estaba mejorando y el señor March esperaba estar en casa en enero. En la mañana de Navidad, todas las niñas tuvieron regalos. Mientras Beth miraba por la ventana hacia la alegre doncella de nieve que Jo y Laurie habían construido, dijo:

—¡Estoy tan feliz! Si tan solo Padre estuviera aquí.

Su madre y hermanas se sentían exactamente igual. Justo en ese momento, Laurie abrió la puerta de la sala y se asomó.

—Aquí hay otro regalo de Navidad para la familia March —dijo. Luego desapareció, y en su lugar quedó un hombre alto cubierto por un abrigo.

—¡Padre! —gritó Beth.

Abrazos amorosos rodearon al señor March, y fue cubierto de besos. Más tarde, Laurie, John Brooke y el señor Laurence se reunieron con la familia March para una espléndida cena.

—¡Ha pasado tanto este año! —dijo Jo.

—Ha sido un buen año —dijo Meg, con una mirada tímida hacia John.

—Creo que ha sido un año bastante duro— dijo Amy, observando su anillo de turquesa.

—Me alegra que se haya acabado —dijo Beth— porque tenemos a Padre de regreso.

—Y yo estoy feliz de estar de vuelta —dijo Padre—. De regreso en casa con mi tierna esposa, y mis cuatro mujercitas.

ALICIA EN EL PAÍS DE LAS MARAVILLAS

Era un día caluroso de verano y Alicia estaba sentada con su hermana en la orilla del río. Alicia empezaba a aburrirse. Echó un par de ojeadas al libro que su hermana estaba leyendo. No tenía dibujos, ni uno solo, y a Alicia le daba sueño con solo mirar las páginas.

De pronto, algo hizo que Alicia se enderezara y mirara. Un Conejo Blanco de ojos rosados corrió a su lado. ¡Llevaba chaqueta, chaleco y un paraguas! Lo que era más extraño todavía, el conejo sacó un reloj dorado del bolsillo de su chaleco y dijo con voz de preocupación:

—¡Oh, no! ¡Oh, no! ¡Llego tarde!

Alicia se levantó y corrió detrás del conejo. Lo alcanzó justo cuando se metía por un gran agujero debajo de un seto.

Por supuesto, Alicia se metió por el agujero detrás del conejo y empezó a caer dando vueltas por un túnel largo y oscuro. Parecía que nunca iba a terminar de bajar, cuando de repente ¡*patapán*! aterrizó sobre un montón de palos y hojas secas.

Alicia miró a su alrededor y descubrió que estaba en un pasillo largo. A lo lejos vio al Conejo Blanco que seguía preocupado porque llegaba tarde. A lo largo del pasillo había muchas puertas, pero estaban todas cerradas. Alicia empezó a preguntarse cómo iba a salir de allí.

De pronto, Alicia vio una mesa con tres patas y sobre la mesa, una llave dorada. Intentó abrir todas las puertas pero la llave no cabía en las cerraduras. Entonces vio una cortina con una pequeña puerta detrás. ¡Era del tamaño perfecto para la llave!

Alicia abrió la puerta y, al otro lado, vio el jardín más maravilloso que se hubiera podido imaginar. Quería explorarlo, pero era demasiado grande y no cabía por la puerta.

Regresó a la mesa para ver si había otra llave, pero solo encontró una pequeña botella. En la etiqueta decía "BÉBEME". ¡Alicia sabía muy bien que no debía hacerlo! Pensó: "Voy a ver si dice VENENO en algún sitio". Cuando comprobó que no, bebió un poco. Inmediatamente empezó a sentirse muy extraña.

"¡Qué sensación más rara! —pensó—. ¡Estoy encogiendo rápidamente!" Se hizo cada vez más pequeña hasta que solo medía veinticinco centímetros. Corrió hacia la puertecita, pero había dejado la llave en la mesa ¡y ahora era demasiado pequeña para alcanzarla!

Alicia estaba a punto de ponerse a llorar cuando vio una pequeña caja de cristal debajo de la mesa. Dentro había un pastel con la palabra "CÓMEME" escrita con grosellas. Alicia comió el pastel deseando ver qué pasaba.

—¡Qué curioso! —exclamó—. ¡Ahora me abro como un telescopio!

Se hizo cada vez más grande hasta que ¡*pom*! se pegó con la cabeza en el techo.

Una piscina de lágrimas

La pobre Alicia estaba más lejos de ver el jardín que nunca. Todo lo que podía hacer era asomar un ojo por la puerta. Desesperada, empezó a llorar. Lloró litros de lágrimas, hasta que se formó una piscina a su alrededor de diez centímetros de alto.

Entonces vio al Conejo Blanco que pasaba corriendo con un par de guantes en la mano y un abanico en la otra.

—¡Ay, la Duquesa! —murmuraba. Cuando vio a Alicia, soltó el abanico y se le cayeron los guantes.

Alicia recogió el abanico y, como hacía mucho calor, empezó a abanicarse.

—Qué rara me siento —dijo—. ¡Me da la sensación de estar nadando en el mar!

Al mirar se dio cuenta de que el "mar" eran sus lágrimas. ¡Había vuelto a encoger! Soltó el abanico rápidamente.

Alicia chapoteó hasta que vio algo en la distancia. Fue nadando hacia allí, pensando que sería una morsa. Entonces recordó lo pequeña que era y se dio cuenta de que no era una morsa sino un Ratón.

—Perdone, Ratón —dijo educadamente—, ¿sabe cómo puedo salir de aquí?

El Ratón no contestó, así que Alicia pensó que no entendía su idioma.

"Se lo diré en francés", pensó. Entonces recordó que las únicas palabras que sabía en francés eran *Où est ma chatte?* que significa "¿dónde está mi gato?" Cuando las dijo, el Ratón se asustó y pegó un salto.

Alicia le pidió perdón al Ratón y le prometió que no volvería a mencionar a los gatos. Pero el Ratón estaba enojado.

—Los gatos son criaturas horribles —dijo y se alejó nadando.

Mientras Alicia intentaba hablar con el Ratón, habían llegado otras criaturas a la piscina y ahora estaba bastante llena. Había un Pato, un Dodo, un Loro, un Aguilucho y otros pájaros. ¡El agua debió haberlos arrastrado! Nadaron hasta el borde de la piscina y empezaron a hablar de cómo se iban a secar.

El Ratón intentó darles un discurso muy aburrido pero no funcionó, así que el Dodo sugirió que hicieran una carrera. Después de correr se habían secado. Pero entonces todos empezaron a discutir sobre quién había ganado la carrera. Por suerte, Alicia encontró una cajita de dulces en su bolsillo y terminó la discusión dándole un dulce a cada uno de premio.

Cuando las cosas se calmaron, el Ratón empezó a contar una historia muy triste sobre por qué odiaba tanto a los gatos. Pero, sin querer, Alicia hizo que se volviera a enojar cuando le habló de su gata. El Ratón salió corriendo.

—Ojalá Dina estuviera aquí —suspiró Alicia—. Agarraría al Ratón y lo traería de vuelta.

—¿Quién es Dina? —preguntó uno de los pájaros.

—Mi gata —contestó Alicia—. ¡Atrapa muy bien a los ratones!

Al mencionar la palabra "gato", todos los pájaros se asustaron y se marcharon, dejando a Alicia sola otra vez.

La casa de Conejo

Alicia no estuvo sola mucho tiempo. Unos minutos más tarde, apareció corriendo el Conejo Blanco.

—¡La Duquesa! —murmuraba preocupado—. ¡Oh, patas queridas! ¡Oh, pelos y bigotes! ¿Dónde los habré dejado?

Alicia supuso que estaba buscando el abanico y los guantes. Empezó a buscarlos, pero no los vio por ningún lado. De hecho, todo había cambiado desde que estuvo en la piscina de lágrimas. Ahora estaba delante de una casa pequeña con una placa que decía "C. BLANCO".

En cuanto el Conejo Blanco vio a Alicia, le pidió que entrara en su casa para buscar su abanico y los guantes.

Alicia hizo lo que le pidió y encontró el abanico y los guantes en la mesa. Pero cuando iba a salir, notó algo peculiar. La casa parecía que se estaba haciendo cada vez más pequeña…

¡En realidad era Alicia la que se estaba haciendo más grande! Muy pronto era tan grande que tuvo que agacharse para no chocar contra el techo. Un minuto más tarde se tuvo que tumbar en el piso ¡y sacar las manos por las ventanas y una pierna por la chimenea!

El Conejo Blanco se acercó a la casa dando pisotones. Estaba enojado porque Alicia se había quedado dentro atorada. No podía llegar a la puerta porque Alicia bloqueaba el camino con su rodilla. Intentó entrar por la ventana, pero eso tampoco funcionó porque se caía todo el rato. Por fin, llamó a su jardinera, Pat, para que le ayudara a sacar a Alicia.

Pat llegó con una escalera y una Lagartija llamada Bill, a la que le daba órdenes. Pat y Bill abrieron la escalera e intentaron llegar a la ventana de arriba.

Mientras tanto, un grupo de animales se había aglomerado y miraban boquiabiertos a la niña gigante que estaba atorada en la casa de Conejo Blanco. A Alicia no le gustaba que la miraran así y le gustó mucho menos que Conejo Blanco sugiriera que había que quemar la casa.

—Si lo haces —dijo Alicia—, ¡le diré a Dina que te atrape!

Alicia pensó: "Si tuvieran un poco de sentido común, levantarían el tejado".

Pero no levantaron el tejado y Alicia oyó al Conejo Blanco decir: —Con una carretada tendremos para empezar.

"¿Una carretada de qué?" se preguntó Alicia. Un momento más tarde lo averiguó cuando los animales le empezaron a lanzar piedras. Algunas le daban en la cara y al hacerlo, se convertían en pastelitos. Se tragó uno y se sintió más aliviada al ver que de pronto empezaba a encoger.

Comió más pastelitos hasta hacerse lo suficientemente pequeña como para salir por la puerta. Entonces se escapó.

Consejos de una Oruga

Alicia pronto llegó a un bosque denso. Para entonces era bastante pequeña y quería volver a tener su tamaño normal.

"Seguramente tengo que comer o beber algo —pensó—, pero ¿el qué?"

No veía pastelitos por ninguna parte ni nada para beber, pero vio una seta muy grande. Al acercarse, vio una Oruga azul sentada encima y fumando en una larga pipa.

—¿Quién eres? —preguntó la Oruga.

—No estoy muy segura —contestó Alicia—. Han pasado muchas cosas extrañas y parece que no puedo permanecer del mismo tamaño durante mucho tiempo.

—¿De qué tamaño te gustaría ser? —preguntó la Oruga.

—Un poquito más grande que ahora —dijo Alicia—. Medir diez centímetros es horrible.

—¡Diez centímetros es una altura muy buena! —dijo la Oruga estirándose. Medía exactamente diez centímetros.

—Lo siento —dijo Alicia—. No quería ofenderla.

La Oruga fumó de su larga pipa y bostezó.

—Un lado te hará más grande —le dijo a Alicia— y el otro te hará más pequeña.

"¿Un lado de qué?" pensó Alicia.

—De la seta —contestó la Oruga como si Alicia hubiera dicho las palabras en voz alta. Después, desapareció.

Alicia observó la seta y se preguntó qué lado haría qué. "Tendré que probar y ver", pensó.

Estiró los brazos y arrancó un pedazo de cada lado de la seta. Primero pegó un mordisquito del trozo de la mano derecha. ¡*Sssiiiiip*! ¡Encogió tan rápido que se dio con la barbilla en el pie!

Apenas tenía sitio para abrir la boca, pero Alicia consiguió comer un pedacito del trozo de seta de la mano izquierda. ¡Se hizo tan grande que su cabeza llegaba a la copa de los árboles! Tenía el cuello tan largo que una Paloma, que estaba sentada en su nido, aleteó y gritó:

—¡Serpiente!

La Paloma tenía miedo de que Alicia le fuera a robar los huevos de su nido. A Alicia le costó mucho trabajo convencerla de que tan solo era una niña pequeña y los huevos estaban a salvo.

Cuando la Paloma se calmó, Alicia pegó un mordisquito a cada pedazo de seta hasta que consiguió volver a ser de su tamaño normal.

"He cambiado tanto de tamaño —pensó— que ahora me resulta muy raro ser normal".

Pero no se quedó de su tamaño normal por mucho tiempo. Mientras caminaba por el bosque, Alicia llegó a una casa pequeña, de algo más de un metro de alto. Quería entrar, pero por supuesto, era demasiado grande. Así que dio un mordisquito al trozo de seta de la mano derecha hasta hacerse de veintidós centímetros, el tamaño perfecto.

Cerdo y Pimienta

Un lacayo recibió a Alicia en la puerta y le dijo que era la casa de la Duquesa. Alicia oía unos ruidos extraños por detrás de la puerta: aullidos, estornudos y algún golpe que otro. El lacayo no estaba seguro de si debía dejar entrar a Alicia, pero ella pasó a su lado y abrió la puerta.

Dentro, la Duquesa estornudaba ruidosamente mientras sujetaba en sus brazos a un bebé que aullaba y también estornudaba. Alicia también empezó a estornudar con tan solo entrar. La única persona que no estornudaba era el cocinero que estaba muy ocupado removiendo una olla de sopa sobre el fuego.

"Esa sopa tiene demasiada pimienta", pensó Alicia estornudando una vez más. Entonces vio un Gato sentado cerca de la chimenea con una sonrisa de oreja a oreja. Él tampoco estornudaba.

—¿Por qué sonríe así su gato? —preguntó Alicia.

—Es un gato de Cheshire —dijo la Duquesa como si eso explicara todo. De pronto, el cocinero empezó a lanzar ollas y sartenes a la Duquesa y al bebé. A la Duquesa no le importaba y el bebé siguió aullando.

—¡Ten cuidado por favor! —gritó Alicia.

—¡Toma! —gritó la Duquesa—. ¡Sujétalo un rato!

Le lanzó el bebé desde el otro lado de la habitación. Alicia lo agarró justo a tiempo y se quedó impresionada al descubrir que no era un bebé. ¡Era un Cerdo!

Alicia salió corriendo de la casa de la Duquesa con el Cerdo en brazos. Lo puso en el suelo y observó cómo se metía en el bosque trotando.

Mientras Alicia seguía paseando, le sorprendió ver al Gato de Cheshire encima de un árbol, sonriéndole.

—Por favor, ¿me podría decir por dónde tengo que ir? —preguntó.

—Por ahí vive el Sombrerero —dijo el Gato moviendo su pata derecha—. Y por ahí vive la Liebre de Marzo —dijo señalando con la otra pata—. Los dos están enojados. De hecho, aquí estamos todos enojados Yo estoy enojado. Tú estás enojada.

—¿Por qué sabes que yo estoy enojada? —preguntó Alicia.

—Tienes que estarlo —contestó el Gato de Cheshire— o no estarías aquí.

Entonces empezó a desaparecer y solo quedó su sonrisa.

"Eso ha sido muy raro —pensó Alicia—. Había visto muchas veces gatos sin sonrisa, ¡pero nunca había visto una sonrisa sin gato!"

Alicia decidió ir a visitar a la Liebre de Marzo. Encontró su casa fácilmente. Las chimeneas tenían forma de orejas de liebre y el tejado tenía pelo. Delante de la casa había una mesa puesta y la Liebre de Marzo y el Sombrerero estaban tomando el té. Entre los dos había un Lirón durmiendo profundamente.

—¡No hay sitio! ¡No hay sitio! —gritaron la Liebre y el Sombrerero al ver a Alicia.

Esto hizo que Alicia se enojara mucho.

—¡Hay sitio de sobra! —declaró y se sentó en una butaca en un extremo de la mesa.

Una merienda de locos

—Toma un poco de vino —le dijo la Liebre de Marzo a Alicia. Pero en la mesa no había vino.

—No es de buena educación ofrecer lo que no tienes —dijo Alicia.

—¡No es de buena educación sentarse a la mesa sin que te inviten! —contestó la Liebre de Marzo.

El Sombrerero los interrumpió con una adivinanza.

—¿En qué se parece un cuervo a un escritorio?

—Creo que sé la respuesta… —empezó a decir Alicia.

—¿Quieres decir que crees que puedes averiguar la respuesta? —preguntó la Liebre de Marzo.

—Exactamente —dijo Alicia.

—¡Entonces di lo que crees! —protestó la Liebre.

—Eso hice —dijo Alicia—. Dije lo que creía y eso es lo mismo.

—No, no lo es —dijo la Liebre—. Si fuera así puedes decir que "me gusta lo que tengo" es lo mismo que "tengo lo que me gusta".

—O que "respiro cuando duermo" es lo mismo que "duermo cuando respiro" —añadió el Lirón adormilado.

Mientras tanto, el Sombrerero miraba su reloj.

—¡Va dos días mal! —gruñó—. Te dije que la mantequilla no arreglaría la maquinaria.

—Era la mejor mantequilla —dijo la Liebre.

—Tiene migas. No deberías haberla untado con el cuchillo del pan.

Siguieron discutiendo mientras Alicia los observaba con curiosidad.

Por fin la Liebre se cansó de discutir y dijo:

—Oigamos un cuento del Lirón.

—¡Despierta, Lirón! —dijeron a la vez la Liebre y el Sombrerero. Le pellizcaron por ambos lados hasta que por fin abrió los ojos.

—No estaba dormido —dijo—. ¡Oí todo lo que dijeron!

Entonces empezó a contar un cuento sobre tres niñas, Elsie, Lacie y Tillie, que vivían en el fondo de un pozo.

—¿Y qué comían? —preguntó Alicia.

El Lirón pensó durante un momento o dos.

—Comían melaza —contestó por fin.

—Eso no puede ser —dijo Alicia amablemente—. Se pondrían muy enfermas.

—¡Es que estaban muy enfermas! —dijo el Lirón.

—¿Por qué vivían allí? —preguntó Alicia.

—Era un pozo de melaza —dijo el Lirón.

—¡Eso no existe! —dijo Alicia enojada.

—Si puedes sacar agua de un pozo de agua —dijo el Sombrerero—, puedes sacar melaza de un pozo de melaza, ¿no?

—Sí —dijo el Lirón—. Estaban aprendiendo a dibujar. Dibujaban todo tipo de cosas que empiezan con la letra M como matarratas, mundo, memoria…

—Yo no creo que… —empezó a decir Alicia.

—¡Entonces no hables! —protestó el Sombrerero.

Cansada de tanta grosería, Alicia se levantó y se fue. Cuando miró por última vez a la Liebre de Marzo y al Sombrerero, intentaban meter al Lirón en la tetera.

Pintar las rosas rojas

"¡Esa fue la merienda más ridícula que he visto en mi vida! —pensó Alicia mientras volvía al bosque—. Nunca más volveré allí".

De pronto notó que el tronco del árbol que tenía delante tenía una puerta. Entró y se encontró de nuevo en el pasillo largo de las puertas. Esta vez, cuando vio la pequeña llave sobre la mesa, sabía exactamente qué tenía que hacer y además, todavía tenía un pedazo de seta en el bolsillo. Pegó unos mordisquitos para hacerse del tamaño adecuado, abrió la puerta y entró al hermoso jardín.

En la entrada del jardín había varios rosales. Tres jardineros, con cuerpos de carta, estaban muy atareados pintando de rojo las rosas blancas del rosal. A Alicia le pareció muy extraño.

—¿Les importaría decirme por qué están pintando las rosas? —preguntó Alicia.

—Este rosal tenía que haber sido un rosal de rosas rojas —dijo uno de los jardineros—, pero pusimos uno de rosas blancas por error. Si la Reina lo descubre, nos cortará la cabeza.

—¡La Reina! —gritó de pronto otro jardinero. Él y los otros dos se aplastaron contra el suelo boca abajo.

Alicia observó la procesión real. Primero iban los soldados, después los cortesanos, seguidos de los niños reales y a continuación, los invitados, incluyendo al Conejo Blanco. Después iba la Sota de Corazones que llevaba la corona del Rey. Por último, iban el Rey y la Reina de Corazones.

La procesión se detuvo delante de Alicia. La Reina la miró duramente y preguntó: —¿Cómo te llamas?

—Me llamo Alicia —contestó educadamente Alicia. Pero para sus adentros pensó: "¡Son solo cartas de una baraja! ¡No tengo que tenerles miedo!"

—¿Y quiénes son ellos? —preguntó la Reina señalando a los jardineros que seguían tumbados boca abajo.

—¿Cómo lo voy a saber? —preguntó Alicia sorprendida de su propio valor—. No es asunto mío.

La Reina se puso roja de rabia. —¡Que le corten la cabeza! —gritó—. ¡Que le corten la cabeza!

—¡Tonterías! —dijo Alicia, y la Reina se quedó callada.

El Rey dijo tímidamente: —Es solo una niña, querida.

La Reina se dio media vuelta y gritó a los jardineros para que se levantaran. Ellos se pusieron de pie inmediatamente y empezaron a hacer reverencias a la Reina, al Rey, a los niños reales y a todos los demás.

—¡Basta! —gritó la Reina—. ¡Me están mareando! ¿Qué hacían con ese rosal?

Uno de los jardineros empezó a contestar, pero antes de que pudiera terminar, la Reina vio que las rosas eran blancas.

—¡Que les corten la cabeza! —gritó. Mientras se alejaba, tres soldados se acercaron a cumplir las órdenes.

—No les cortarán la cabeza —les dijo Alicia a los jardineros. Los escondió en una jardinera de flores grande donde los soldados no los podían encontrar.

El juego de croquet de la Reina

Cuando Alicia alcanzó al Rey y a la Reina, la Reina le preguntó: —¿Sabes jugar al croquet?

—Sí —contestó Alicia.

—¡Entonces, ven! —rugió la Reina. Así que Alicia se unió a la procesión, preguntándose qué pasaría después.

—¡Todos a sus puestos! —retronó la Reina. La gente empezó a moverse en todas las direcciones y a tropezarse unos con otros. Un momento más tarde, estaban listos y el juego podía empezar.

¡Era un juego muy extraño! ¡El suelo estaba lleno de montículos, las pelotas de croquet eran erizos y los mazos, flamencos! Los soldados de la Reina tenían que agacharse y poner las manos en el suelo para formar los arcos.

A Alicia le costaba trabajo controlar a su flamenco-mazo. Cuando por fin consiguió que pusiera el cuello recto y estaba a punto de dar al erizo, el flamenco se giró para mirar a Alicia confundido. A Alicia le entró la risa y se rió tanto que tuvo que volver a empezar. Para entonces, el erizo se había desenrollado y se alejaba.

"¡Qué juego más difícil!" pensó Alicia.

Los jugadores no esperaban su turno y se peleaban por los erizos. Un poco más tarde, la Reina se paseaba por el campo de croquet dando pisotones y gritando con todas sus fuerzas: —¡Que les corten la cabeza!

Alicia estaba muy preocupada.

"¿Qué pasa si decide cortarme la cabeza a mí? —pensó con un escalofrío—. Con lo que le gusta cortar cabezas es increíble que alguien siga vivo".

Alicia estaba buscando la manera de escapar cuando notó una figura curiosa que flotaba en el aire. Después de estudiarla durante uno o dos minutos, se dio cuenta de que era una sonrisa.

"¡Es el Gato de Cheshire! —pensó—. Ahora por lo menos tengo a alguien con quien hablar".

Muy pronto apareció la cabeza del Gato de Cheshire. Él también se alegraba de ver a Alicia.

—¿Qué te parece la Reina? —le preguntó.

—No me gusta nada —susurró Alicia—. Es tan…

—¿Con quién hablas? —le preguntó el Rey acercándose a Alicia y mirando la cabeza del Gato de Cheshire con mucho interés.

—Permítame presentarle a mi amigo, el Gato de Cheshire —dijo Alicia.

—No me gusta —dijo el Rey—. Que se lo lleven. —Se giró y miró a la Reina—. ¡Querida! —llamó—. ¡Haz que se lleven a este gato!

—¡Que le corten la cabeza! —gritó la Reina sin darse la vuelta.

Sin embargo, el verdugo insistió que para cortarle la cabeza tenía que tener cuerpo. Como el Gato de Cheshire solo tenía cabeza, no había manera de cortársela.

—Este Gato es de la Duquesa —dijo Alicia—. A lo mejor ella puede solucionar el problema.

—¡Trae a la Duquesa! —le dijo la Reina al Gato de Cheshire y el gato desapareció.

La historia de la Tortuga Falsa

De pronto, la Duquesa apareció de la nada.

—¡Cómo me alegro de verte! —gritó saludando a Alicia como si fuera una vieja amiga. Alicia se alegró de que estuviera de mejor humor que la última vez que la había visto.

La Duquesa se agarró al brazo de Alicia y las dos salieron de paseo. Pero al poco tiempo, Alicia empezó a sentirse incómoda. La Duquesa tenía la altura perfecta para clavarle la barbilla en su hombro. Su barbilla era muy puntiaguda y pequeña y le lastimaba el hombro. Alicia no quería ser grosera, así que aguantó lo mejor que pudo.

Mientras caminaban, la Duquesa empezó a hablar y a decir viejos dichos sin parar como "El amor hace girar el mundo" y "Pájaros del mismo pelaje hacen buen maridaje". Alicia se estaba aburriendo, pero cada vez que se distraía, la Duquesa le clavaba su puntiaguda barbilla en el hombro para que prestara atención.

De pronto, la voz de la Duquesa se apagó en medio de una palabra y Alicia notó que empezaba a temblar. Alicia miró hacia arriba y vio a la Reina que estaba delante de ellas.

—¡Hermoso día, su Majestad! —dijo la Duquesa suavemente.

La Reina dio un pisotón enojada.

—Te lo advierto —le dijo a la Duquesa—. ¡Tú o tu cabeza deben desaparecer! ¡Elige!

La Duquesa desapareció inmediatamente.

—Y bien, ¿ya has conocido a la Tortuga Falsa? —preguntó la Reina.

—Ni siquiera sabía que existía una Tortuga Falsa —contestó Alicia.

—¡Por supuesto que existe! —dijo la Reina—. ¿Cómo crees que se hace la sopa de Tortuga Falsa?

Alicia y la Reina se encontraron con un Grifo, una extraña fiera que Alicia nunca había visto antes. Estaba profundamente dormido al sol.

—¡Levántate, perezoso! —ordenó la Reina—. Lleva a esta jovencita a ver a la Tortuga Falsa para que le cuente su historia. Yo debo irme a presenciar unas ejecuciones.

El Grifo se levantó, se frotó los ojos y se quedó mirando a la Reina hasta que se perdió de vista.

—Son todo fantasías, ¿sabes? —le dijo a Alicia—. ¡Nunca ejecutan a nadie!

Salieron juntos y pronto encontraron a la Tortuga Falsa sentada encima de una roca, triste y sola.

—Esta jovencita quiere oír tu historia —le dijo el Grifo.

Así que la Tortuga Falsa comenzó.

—Yo era una Tortuga Verdadera —dijo—. De pequeña, iba a la escuela del mar con otras tortugas pequeñas. Teníamos diez horas de clases al día para aprender todo lo que teníamos que saber.

—Yo también voy a la escuela —dijo Alicia.

—¿Aprendiste a lavar? —preguntó la Tortuga Falsa.

—¡Claro que no! —contestó Alicia.

—Ya basta de hablar de las clases —interrumpió Grifo—. ¡Háblale de los juegos!

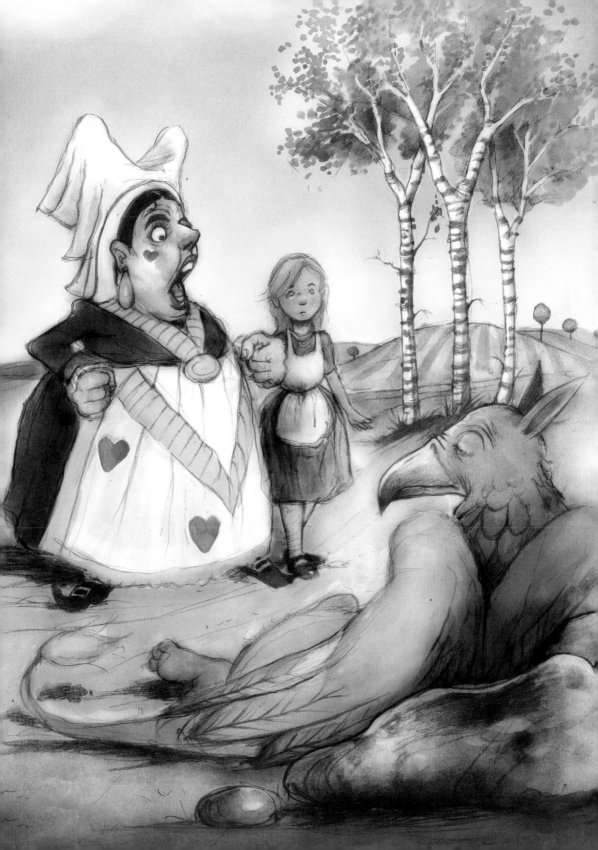

El baile de las Langostas

—Te hablaré del baile de las Langostas —le dijo la Tortuga Falsa a Alicia—. ¿Lo has visto alguna vez?

—No —dijo Alicia muy interesada—. ¿Qué tipo de baile es?

—Se hacen dos filas —contestó la Tortuga Falsa—. Las focas, las tortugas y los salmones se ponen en una fila y cada uno tiene una langosta de pareja en la otra fila.

—Debe de ser muy lindo —comentó Alicia.

—¿Te gustaría verlo? ¡Podemos hacerlo sin langostas! Vamos —le dijo la Tortuga Falsa al Grifo—. Vamos a hacer el primer paso. Yo canto.

Empezaron a hacer un baile solemne mientras la Tortuga Falsa cantaba una canción linda, pero muy triste, que terminaba así: "¿Quieres o no quieres? ¿Quieres o no quieres? ¿Quieres unirte al baile?"

—Ahora cuéntanos tú alguna de tus aventuras —le dijo el Grifo a Alicia.

Así que Alicia les contó todo lo que le había pasado aquel día desde que vio a Conejo Blanco por primera vez.

Cuando terminó, la Tortuga Falsa suspiró con fuerza y dijo: —Eso es muy curioso.

Empezó a cantar otra canción cuando se oyó un grito muy alto en la distancia:

—¡Empieza el juicio!

—¡Vamos! —gritó el Grifo agarrando a Alicia de la mano—. ¡Tenemos que apurarnos!

Alicia y el Grifo llegaron al juzgado y encontraron al Rey y la Reina de Corazones sentados en sus tronos. La sala estaba llena de lo que parecía una baraja completa de cartas y el estrado del jurado estaba lleno de animales con pizarras y plumas.

Como el Rey también era parte del jurado, llevaba su corona encima de la peluca de juez. A su lado estaba el Conejo Blanco. Tenía una trompeta en una mano y un pergamino enrollado en la otra. El jurado estaba formado por doce criaturas diferentes que escribían muy atareadas en sus pizarras.

Alicia se sentó al lado del Lirón, justo detrás del estrado del jurado. Vio un plato con pasteles en una mesa en medio de la sala del juzgado. Esperó que sirvieran una merienda. Pero los pasteles no eran para merendar, eran las pruebas. Habían acusado a la Sota de Corazones de robarlos y la tenían encadenada delante del jurado y vigilada por dos soldados.

—Herald, lee la acusación —ordenó el Rey.

El Conejo Blanco hizo sonar la trompeta tres veces, desenrolló el pergamino y leyó:

"La Reina de Corazones hizo pasteles
en una mañana de verano calurosa.
La Sota de Corazones robó los pasteles
y pensaba comerlos la muy golosa".

Llamaron al primer testigo, el Sombrerero. Mientras hacía su declaración, Alicia sintió algo extraño. En ese mismo momento, el Lirón empezó a moverse intranquilo.

—Deja de empujarme de esa manera —le dijo el Lirón a Alicia—. ¡No me dejas ni respirar!

—No puedo evitarlo —contestó Alicia—. ¡Estoy creciendo!

—¡No tienes derecho a crecer aquí! —dijo el Lirón molesto.

—Tú también estás creciendo —dijo Alicia.

—¡No tan ridículamente deprisa como tú! —dijo el Lirón. Resopló, se levantó y se sentó en otro lado.

Mientras tanto, el Sombrerero había terminado de hacer su declaración y llamaron al siguiente testigo. Antes de que entrara en la sala, la gente oyó unos estornudos cerca de la puerta. Alicia se imaginó que debía de ser el cocinero de la Duquesa con la olla de pimienta, y tenía razón.

El cocinero entró y se sentó en el estrado de los testigos. Pero no tenía mucho que decir, así que pronto le llegó el turno al siguiente testigo. Con una voz muy fuerte y aguda, el Conejo Blanco llamó: —¡Alicia!

—¡Aquí estoy! —gritó Alicia levantándose con tanto apuro que derribó el estrado de los testigos porque ahora era muy grande.

—El juicio no puede continuar hasta que todos los del jurado vuelvan a su sitio —dijo el Rey.

Así que Alicia se detuvo, agarró a todas las criaturas y las puso en su sitio. Los jueces tomaron sus pizarras y plumas. Por fin, Alicia subió al estrado de los testigos.

La declaración de Alicia

—¿Qué opinas de todo esto? —le preguntó el Rey a Alicia.

—Nada —dijo Alicia.

—¿Nada de nada? —insistió el Rey.

—Nada de nada —dijo Alicia.

El Rey estaba ocupado escribiendo en su cuaderno. Cuando terminó, leyó en alto: —Ley cuarenta y dos: todas las personas que midan más de un kilómetro de alto deben salir del juzgado.

Todos miraron a Alicia.

—Yo no mido más de un kilómetro —protestó Alicia.

—Sí —dijo el Rey.

—De hecho, mides casi tres kilómetros —añadió la Reina.

—Pues no me pienso ir —dijo Alicia—. Además esa ley no existe. Se la acaba de inventar.

—¡Es la ley más antigua del libro! —insistió el Rey.

—¡Entonces debería ser la ley número uno! —gritó Alicia.

El Rey se puso pálido y cerró su cuaderno con fuerza.

—¡Silencio! —gritó.

—¡Cállate! —ordenó la Reina.

—No pienso callarme —dijo Alicia desafiante. Era tan grande que no le tenía miedo a nadie del juzgado.

—¡Que le corten la cabeza! —gritó la Reina.

—¿A quién le importa lo que digan? —gritó Alicia de vuelta. Ahora era de su tamaño normal y se alzaba sobre ellos—. ¡No son más que una baraja de cartas!

Alicia pegó un grito, medio asustada, medio enojada, e intentó apartar las cartas con la mano.

—¡Despierta, Alicia! —dijo una voz dulce y familiar.

Alicia abrió los ojos y se encontró de nuevo en la orilla del río, mirando a su hermana que apartaba unas hojas que le habían caído en la cara.

—Has dormido durante mucho tiempo —dijo su hermana.

—¡Oh! —dijo Alicia levantándose—. ¡He tenido un sueño extrañísimo!

Le contó a su hermana lo mejor que pudo todas las cosas extrañas y maravillosas que le habían pasado.

Cuando terminó, su hermana la besó y dijo:

—Fue un sueño muy curioso, pero ahora tienes que ir a merendar. Se está haciendo tarde.

Alicia salió corriendo mientras pensaba en el sueño que había tenido. Había sido increíble, pero estaba feliz de haber regresado a su casa.

Su hermana se quedó sentada, viendo cómo se alejaba Alicia mientras se ponía el sol. Apoyó la cabeza en su mano y pensó en todas las cosas increíbles que le había contado Alicia. Pensó en cómo su hermana pequeña algún día sería una mujer hecha y derecha y tendría hijos.

Esperó que cuando Alicia fuera mayor, recordara sus increíbles historias en el País de las Maravillas y los días felices de verano de su infancia.

HEIDI

Una mañana soleada de verano, una niña de cinco años iba por el camino sinuoso que llevaba a los Alpes de Suiza. Se llamaba Heidi. Sus padres murieron cuando ella era un bebé y, desde entonces, Heidi vivía con su tía Dete que ahora caminaba a su lado.

Por el camino, la amiga de Dete, Barbel, se acercó a saludar.

—¿A dónde llevas a Heidi? —preguntó.

—A casa de su abuelo —contestó Dete.

—¿El Viejo de los Alpes? —exclamó Barbel—. ¡Él no la puede cuidar!

—No me queda otra opción —dijo Dete muy triste—. Tengo un nuevo trabajo en Fráncfort y no puedo llevar a Heidi conmigo.

—Pero el Viejo de los Alpes es un ermitaño. Nunca le vemos por el pueblo ni en misa —dijo Barbel—. Solo tiene dos cabras. ¿Cómo va a cuidar de ella?

—Es el abuelo de Heidi. Estará bien con él —insistió Dete. Miró a su alrededor—. ¿Dónde está Heidi?

—¡Allí! —gritó Barbel—. Está con Pedro, el pastor.

Un poco más lejos, Heidi paseaba con un niño unos años mayor que ella. Los dos iban descalzos, charlando animadamente y riéndose, mientras un rebaño de cabras correteaba cerca. Dete sonrió al verlos.

—Creo que Heidi se sentirá aquí como en su casa —le dijo a Barbel, muy aliviada.

El abuelo de Heidi era un viejo gruñón. Le molestó que Dete le dejara a la pequeña. Pero Heidi estaba encantada con su nuevo hogar. Observaba fascinada los pinos y escuchaba el viento cantar al mover las ramas. Su abuelo agarró la ropa de Heidi que tía Dete había llevado.

—Será mejor que guardemos esta ropa —dijo—. ¿No quieres ponerte zapatos?

—¡No, quiero ir descalza como las cabras! —contestó Heidi.

Por primera vez en muchos años, el abuelo sonrió.

—Pues así irás —dijo.

La casa del abuelo solo tenía una habitación, con una cama en la esquina. Heidi se preguntó dónde iba a dormir.

—Duerme donde quieras —dijo su abuelo.

Había una escalera que llevaba a un altillo y Heidi subió. Cuando descubrió la paja suave, soltó un grito de alegría.

—¡Dormiré aquí! —dijo.

El abuelo cubrió la paja con una sábana y una frazada para que Heidi estuviera abrigada.

A la hora de la cena, el abuelo preparó una comida sencilla de queso y pan. Le dio a Heidi un vaso de leche fresca y cremosa de cabra y ella la bebió con ganas.

—¡Nunca había tomado leche tan deliciosa! —declaró.

Esa noche, cuando Heidi se metió en la cama, podía ver la luna brillando a través de la pequeña ventana del altillo. Se quedó dormida con el sonido del viento que silbaba entre los pinos y una sonrisa en la cara.

El pasto

A la mañana siguiente, un silbido agudo despertó a Heidi. Abrió los ojos y vio la brillante luz del sol que se colaba por la pequeña ventana. Emocionada, saltó de la cama, se vistió rápidamente y salió afuera.

Pedro, el pastor de cabras que había conocido el día anterior, estaba esperando a que su abuelo sacara sus cabras para llevarlas con el resto del rebaño.

—¿Te gustaría llevar a las cabras a pastar con Pedro? —le preguntó el abuelo a Heidi.

—¡Ay, sí, por favor! —dijo Heidi entusiasmada.

El abuelo les preparó algo de comida y leche. Después, Pedro, Heidi y las cabras subieron los Alpes.

Durante toda la mañana, Heidi correteó entre las flores silvestres de colores y jugó con las cabras. Sus preferidas eran las dos cabras de su abuelo, *Blanquita* y *Diana*.

Pedro le mostró el nido de un águila sobre un acantilado rocoso y vieron cómo el águila se elevaba en el aire. Heidi divisó unos campos nevados más arriba de la montaña. El color blanco resaltaba sobre el cielo azul. Estaba maravillada con todo lo que veía.

Al mediodía, se sentaron bajo un pino y comieron el almuerzo que les había preparado el abuelo. Heidi se terminó toda su leche y Pedro ordeñó a *Blanquita* para darle más. Estaba caliente, dulce y deliciosa.

Por la tarde, cuando se puso el sol y el cielo se volvió rojo, Heidi y Pedro comenzaron el camino de vuelta del pasto. Heidi nunca había estado más feliz.

La abuelita de Pedro

Heidi volvió a los pastos con Pedro todos los días ese verano. Se habían hecho muy buenos amigos y Heidi crecía fuerte y sana con el aire fresco de la montaña.

Cuando los vientos del otoño comenzaron a soplar, Heidi ya no iba tanto a la montaña. Por fin llegó el invierno y la nieve cubrió los Alpes. Pedro tenía que ir a la escuela del pueblo de Dörfli. Le contó a Heidi que su abuelita se sentiría muy sola durante los largos días de invierno y le pidió que fuera a visitarla.

Heidi insistió mucho a su abuelo y un día, por fin consiguió que la arropara con unas frazadas, la subiera a su viejo trineo de madera y fueran a la cabaña de Pedro. El Viejo no quería saludar y se quedó en la puerta.

La madre de Pedro recibió a Heidi y le presentó a la abuelita, que estaba hilando con una rueca. Heidi se puso muy triste cuando se enteró de que la anciana era ciega y no podía ver las hermosas montañas nevadas. Así que la tomó de la mano y le describió con detalle la escena que veía desde la ventana de la cabaña.

—Háblame de tu abuelo, Heidi —dijo la abuelita de Pedro—. Le conocía cuando éramos niños.

Heidi le habló con mucho cariño de su abuelo. Le contó cómo podía construir cualquier cosa con madera y cuánto había disfrutado de su verano en los Alpes. La anciana escuchaba atentamente, sorprendida de lo feliz que estaba la pequeña. Ese invierno, Heidi visitó a la abuelita con frecuencia, alegrándole los días.

Una visita

Los años pasaron rápidamente y Heidi era muy feliz. Cuando cumplió ocho años, ya había aprendido muchas cosas de su abuelo.

Una mañana de primavera, el cura de Dörfli fue a visitar a su abuelo.

—Heidi tiene que ir a la escuela —dijo el cura—. Deberías mudarte al pueblo el invierno que viene para que pueda ir a la escuela con otros niños. Te ayudará estar con tus vecinos.

—Heidi no necesita ir a la escuela —dijo el abuelo—. Es feliz aquí y no necesita estar con otros niños.

El cura movió la cabeza al oír al viejo testarudo y se fue.

Al día siguiente, tía Dete fue a visitarlos.

—Voy a llevarme a Heidi conmigo a Fráncfort —le dijo al abuelo. Dete le explicó que había una niña pequeña que no podía andar y se pasaba el día en su silla de ruedas. Su padre estaba buscando una niña inteligente para que le hiciera compañía, y Heidi era perfecta.

A Heidi no le gustó la idea y se negó a ir. Su abuelo tampoco quería que fuera, pero Dete insistió en que estaría muy bien en Fráncfort.

—Entonces, llévatela —dijo el abuelo enojado—, ¡y no vuelvas nunca más!

Dete y Heidi se fueron rápidamente. Heidi quería despedirse, pero Dete dijo que no tenían tiempo.

—Ya les traerás regalos de Fráncfort —dijo Dete. Al oírla, Heidi pensó que regresaría pronto y siguió a su tía.

Una nueva vida para Heidi

Clara Sesemann estaba en su silla de ruedas en el estudio de su casa de Fráncfort, como todos los días. Su mamá había muerto hacía muchos años y su papá viajaba mucho por motivos de trabajo, así que Clara se quedaba a cargo de una mujer muy estricta llamada Srta. Rottenmeier. La Srta. Rottenmeier cosía, mientras Clara se movía inquieta. Llevaba todo el día esperando a Heidi.

—¿Cuándo llegará? —preguntó por décima vez en una hora. En ese momento, se abrió la puerta y un sirviente llevó a Heidi y tía Dete.

—Ummm —murmuró la Srta. Rottenmeier estudiando a Heidi con cara de desaprobación—. Parece demasiado joven. Clara tiene doce años y esperábamos una acompañante de su edad. ¿Cuántos años tiene Heidi?

—Este… —tía Dete dudó—. No estoy segura.

—Tengo ocho años —declaró Heidi.

—¿Y qué libros has leído? —preguntó la Srta. Rottenmeier con una voz que daba un poco de miedo.

—Ninguno —contestó Heidi—. Todavía no sé leer.

La Srta. Rottenmeier la miró horrorizada.

—Heidi puede venir a mis clases —dijo Clara suavemente—. El Profesor es muy amable, pero a veces sus lecciones son un poco aburridas. Si vamos juntas será divertido—. Sonrió cálidamente.

 A Heidi la gustaba Clara, pero la Srta. Rottenmeier no había sido muy amable y Heidi no estaba muy segura de si le gustaría su nueva vida.

El final de un largo día

Tía Dete se fue rápidamente y Heidi se quedó con Clara. A la hora de la cena, un sirviente llamado Sebastián empujó la silla de ruedas de Clara hasta un comedor muy grande y elegante.

Heidi nunca había visto unos platos tan finos ni un mantel tan lindo. Se puso feliz al ver un panecillo blanco cerca de su plato. A la abuelita de Pedro le encantaba el pan blanco, era más fácil de comer que el de centeno.

"Le llevaré uno de regalo", pensó Heidi y metió el panecillo en su bolsillo.

Sebastián le sirvió carne a Heidi, y ella le miró y preguntó:

—¿Es todo eso para mí?

Sebastián asintió intentando no sonreír.

—¡Heidi, cuida tus modales! —le regañó la Srta. Rottenmeier—. ¡Ya veo que tienes mucho que aprender! Nunca debes hablar con los sirvientes.

La Srta. Rottenmeier siguió diciéndole a Heidi las normas que debía seguir: cómo entrar y salir de una habitación, cómo tener todo ordenado, cómo comer con educación… La Srta. Rottenmeier hablaba tanto que Heidi se quedó dormida en la silla. ¡Estaba agotada!

—¡En mi vida había visto una niña así! —gritó la Srta. Rottenmeier. Clara se rió y eso hizo que la Srta. Rottenmeier se enojara más todavía.

Pero ni los gritos ni las risas consiguieron despertar a Heidi, así que la llevaron a su habitación y la acostaron. Había terminado su primer día en Fráncfort.

Cuando Heidi se despertó a la mañana siguiente, no recordaba dónde estaba. Miró por la ventana, pero no veía el pasto, ni los pinos, solo edificios altos. Eso hizo que se pusiera muy triste.

Después de desayunar, llegó el Profesor, el paciente y amable maestro de Clara. La Srta. Rottenmeier le contó que Heidi tenía mucho que aprender.

—¡Ni siquiera sabe leer! —dijo—. Seguro que atrasará a Clara con sus estudios.

Pero el Profesor le aseguró que podría enseñar a ambas niñas. Empezaría enseñándole a Heidi el alfabeto. Desilusionada, la Srta. Rottenmeier se fue resoplando.

Momentos más tarde, se oyó un estruendo en la sala de estudio y la Srta. Rottenmeier entró corriendo. Había una mesa tumbada, libros de texto esparcidos por todas partes y un río de tinta negra que bajaba por la alfombra. No se veía a Heidi por ningún lado.

—¿Qué hizo esta niña problemática ahora? —preguntó la furiosa Srta. Rottenmeier.

—Fue un accidente —explicó Clara—. Heidi oyó algo en la calle y al ir a ver qué era, tropezó con la mesa. No fue culpa suya.

La Srta. Rottenmeier vio a Heidi cerca de la ventana, mirando a la calle confundida.

—Pensé que había oído el viento soplar entre los pinos —explicó—, pero no veo ningún árbol.

—¿Es que piensas que vives en el bosque, niña tonta? —espetó la Srta. Rottenmeier—. Si vuelve a suceder, te castigaré. ¿Está claro?

—Sí —dijo Heidi—. A partir de ahora me quedaré sentada.

La torre de la iglesia

Por la tarde, mientras Clara descansaba, Heidi se escapó de la casa esperando encontrar un lugar desde donde pudiera ver las montañas que tanto amaba.

Conoció a un niño muy simpático de su edad que estaba tocando un organillo y le preguntó si conocía un lugar así.

—Puedes intentar subir a la torre de la iglesia —sugirió—. Si quieres te muestro dónde está.

Cuando llegaron a la iglesia, Heidi llamó a la puerta. El campanero abrió y no podía creer que Heidi quisiera subir a la torre. Estaba a punto de decirle que se fuera, pero al ver cómo le miraba con los ojos llenos de melancolía, cambió de opinión.

—Ven conmigo —dijo, llevándola por una estrecha escalera de caracol. Cuando llegaron arriba, el campanero levantó a Heidi para que se asomara por la pequeña ventana.

Heidi no veía montañas por ninguna parte.

—No es lo que esperaba —dijo tristemente.

Cuando bajaron, Heidi vio un canasto cerca de la habitación del campanero. Dentro había una gata anaranjada con siete gatitos a su lado.

—¡Qué tiernos! —exclamó Heidi. Al ver su cara de felicidad, el campanero le dijo que podía quedarse con dos.

—Uno para mí y otro para Clara —dijo Heidi, metiéndolos en los bolsillos.

Heidi encontró el camino de vuelta a su casa y tocó a la puerta. Sebastián apareció rápidamente y susurró:

—¡Entra, rápido! Están cenando y la Srta. Rottenmeier está furiosa.

Heidi intentó entrar en el comedor sin que la vieran, pero la Srta. Rottenmeier dijo duramente: —Tu comportamiento es inexcusable, Heidi. Estás castigada por salir sin permiso y volver tan tarde. ¿Tienes algo que decir?

¡Miau! fue la respuesta.

—¡Heidi! —gritó la Srta. Rottenmeier—. ¿Cómo te atreves a burlarte de mí después de tu mal comportamiento?

—No me estoy burlando —protestó Heidi dócilmente. *¡Miau! ¡Miau!*

—¡Esto es demasiado! —gritó la Srta. Rottenmeier levantándose—. ¡Sal del comedor inmediatamente! —ordenó secamente.

—Por favor, señorita —rogó Heidi—. No fui yo. Fueron los gatitos.

—¿Gatitos? ¿GATITOS? ¡Sebastián! ¡Venga inmediatamente y deshágase de esas horribles criaturas! —dijo la Srta. Rottenmeier y salió dando pisotones.

Para entonces, los dos gatitos estaban en el regazo de Clara y las dos niñas jugaban con ellos.

—Sebastián, por favor, ayúdenos —dijo Clara—. Queremos quedarnos con los gatitos y jugar con ellos cuando podamos. ¿No podría esconderlos en algún sitio?

—No se preocupe, Srta. Clara —contestó Sebastián—. Los guardaré en un canasto en el ático. Allí estarán a salvo.

Las niñas se miraron y sonrieron.

La abuela

Heidi y Clara se habían hecho muy buenas amigas, pero Heidi seguía extrañando su hogar. Todos los días le hablaba a Clara de Pedro y las cabras, y todos los días decía:
—Debo regresar pronto a casa.

Seguía guardando los panecillos para la abuelita de Pedro y se puso muy triste cuando la Srta. Rottenmeier los encontró y los botó.

Un día, Clara le dijo a Heidi que su abuela iba a ir a visitarlos durante un tiempo. —Todo el mundo adora a mi abuela y seguro que tú también, Heidi —dijo Clara.

Clara tenía razón. La abuela tenía una sonrisa amable y una mirada alegre. A Heidi le gustó mucho desde el primer momento. Todas las tardes, mientras Clara descansaba, la abuela se sentaba con Heidi y le leía.

Un día, la abuela abrió un libro con unos dibujos preciosos de un campo verde y unas cabras pastando. Al verlo, Heidi empezó a sollozar.

—Extrañas mucho las montañas, ¿verdad? —preguntó la abuela poniéndole la mano en la espalda.

Heidi asintió muy triste.

—Cuando puedas leer tú sola este libro, será tuyo —prometió la abuela.

Unos días más tarde, el Profesor le dijo a la abuela que había sucedido algo increíble. ¡Heidi ya sabía leer! Esa noche, a la hora de la cena, Heidi encontró el lindo libro cerca de su plato.

—Es tuyo para siempre —dijo la abuela.

La casa está encantada

Cuando la abuela se fue, Heidi extrañaba su casa más todavía. Perdió el apetito y se puso muy pálida. Todas las noches lloraba hasta quedarse dormida.

Una mañana, los sirvientes encontraron la puerta principal abierta. Pensaron que había entrado un ladrón y registraron toda la casa, pero no había desaparecido nada. Cuando volvió a ocurrir al día siguiente, Sebastián dijo que se quedaría vigilando toda la noche.

Justo después de la media noche, Sebastián oyó un ruido y la puerta principal se abrió. Salió corriendo y vio una figura fantasmal vestida de blanco que subía las escaleras.

A la mañana siguiente, los sirvientes hablaban del fantasma. Cuando el Sr. Sesemann oyó la historia, invitó al Dr. Classen, el médico de la familia, para que se quedara con él a esperar al fantasma.

Esa noche, cuando la figura blanca abrió la puerta y apareció, el Sr. Sesemann y el Dr. Classen estaban esperando. Era Heidi que andaba sonámbula y parecía un fantasma.

—¿Qué estás haciendo, pequeña? —preguntó el Sr. Sesemann suavemente para no asustarla.

Heidi abrió los ojos y miró confundida.

—No lo sé —dijo y empezó a llorar.

La pálida niña le contó al Dr. Classen lo triste que estaba y lo mucho que extrañaba a su abuelo y los Alpes.

—Solo hay una solución —le dijo el Dr. Classen al Sr. Sesemann más tarde—. Heidi debe regresar a su casa.

De regreso a los Alpes

A la mañana siguiente, le pidieron a la Srta. Rottenmeier que empacara todas las cosas de Heidi. Clara estaba muy triste porque su mejor amiga se iba, pero su papá le prometió que podría ir a visitar a Heidi en verano.

Después de desayunar, Clara le dio a Heidi un canasto con panecillos frescos para la abuela de Pedro. El Sr. Sesemann le dio un sobre para su abuelo.

—Guárdalo en un lugar seguro —dijo amablemente.

Sebastián fue en tren con Heidi hasta Dörfli. Pusieron la valija de Heidi en una carreta para que la llevaran a la cabaña del abuelo. Heidi le aseguró a Sebastián que ella podía subir la montaña sola y eso hizo.

Por el camino, Heidi se detuvo en la cabaña de Pedro para saludar a su abuelita. La mujer estaba feliz de que Heidi hubiera vuelto. Cuando Heidi le dio los panecillos, la abuela la abrazó y le dijo: —¡Qué grandes bendiciones traes! ¡Pero tú eres la mayor bendición!

Después de pasar un rato con la abuelita y la madre de Pedro, Heidi continuó su ascenso por los Alpes. Al poco tiempo divisó la cabaña y allí, sentado en su banco y fumando su pipa, estaba el abuelo.

Heidi corrió hacia él y le rodeó el cuello con sus brazos diciendo una y otra vez: —¡Abuelo! ¡Abuelo!—. Los ojos del hombre se llenaron de lágrimas y la abrazó como si no pensara dejar que se alejara de él nunca más.

—He vuelto a casa, abuelo —dijo Heidi—, y nunca más me iré.

Heidi le dio al abuelo el sobre del Sr. Sesemann. Dentro había una carta explicando por qué Heidi había vuelto a casa y algo de dinero para ella.

El abuelo quería usar el dinero para comprarle una cama a Heidi, pero ella dijo que prefería comprar todas las mañanas un panecillo blanco para la abuelita de Pedro.

Heidi estaba deseando mostrarle a su abuelo cómo leía, así que tomó una Biblia y le leyó. El abuelo estaba contento y orgulloso. Al día siguiente era domingo y le prometió a Heidi que irían a misa en Dörfli.

Así que a la mañana siguiente, mientras sonaban las campanadas del pueblo, Heidi y su abuelo fueron de la mano a Dörfli. Todos se quedaron sorprendidos al ver al abuelo que no había pisado la iglesia hacía muchos años.

Después de misa, el abuelo se acercó a hablar con el cura.

—Estuve pensado en lo que me dijiste —dijo— y me he dado cuenta de que tienes razón. Espero que me perdones por ser tan testarudo. Nos mudaremos a Dörfli este invierno para que Heidi pueda ir a la escuela.

Mientras salían de la iglesia, muchas personas se acercaron a darle la bienvenida al abuelo. Heidi nunca le había visto sonreír tanto. En el camino de vuelta, Heidi y su abuelo se detuvieron para contarles las buenas noticias a Pedro, su madre y su abuelita.

—Me alegra que hayas vuelto —dijo Pedro.

—Iremos juntos a la escuela —le dijo Heidi a Pedro—. ¡Estoy feliz!

Noticias para Clara

En Fráncfort, Clara estaba deseando ir a visitar a Heidi. Cuando ya faltaba muy poco para el verano, el Dr. Classen le dio malas noticias.

—Me temo que no estás lo suficientemente fuerte para el viaje —dijo el amable doctor a Clara y a su papá.

Intentando reprimir los sollozos, Clara dijo:

—Por favor, Dr. Classen, ¿podría ir usted en mi lugar?

—Pero Clara, ¿qué voy a hacer yo allí? —preguntó el doctor sorprendido.

—¡Todo lo que haría yo! —exclamó Clara—. Podrá conocer al abuelo de Heidi, a Pedro y las cabras y después contármelo. Puede llevarles los regalos que he ido guardando para ellos. Por favor, Dr. Classen —rogó sujetando la mano del doctor—. Si lo hace, le prometo que me tomaré sin rechistar el aceite de hígado de bacalao todos los días.

El doctor se rió.

—Bueno, si me prometes eso, no puedo negarme, ¿no? ¿Cuándo debería ir?

—¡Mañana! —exclamó Clara sonriendo.

Clara empacó los regalos con mucho cuidado: una capa gruesa de lana para Heidi, un chal suave y una caja de pasteles para la abuelita de Pedro, tabaco de pipa para el abuelo de Heidi y unas deliciosas salchichas para todos. Estaba deseando oír qué le habían parecido los regalos a Heidi. ¡El doctor tenía que contarle todo!

El abuelo de Heidi estaba en el cobertizo ordeñando las cabras cuando Heidi entró corriendo emocionada.

—¡Ya vienen! ¡Veo al Dr. Classen! ¡Clara y su abuela seguro que van detrás! —Se dio media vuelta y salió a recibir a las visitas de Fráncfort.

Pero cuando el Dr. Classen llegó, estaba solo. Heidi se puso muy triste cuando le explicó por qué Clara y su abuela no habían ido.

—A lo mejor Clara mejora y puede venir la primavera que viene —le dijo el doctor a Heidi no muy convencido.

El abuelo recibió al doctor con un buen apretón de manos y un delicioso almuerzo de leche de cabra, queso y embutidos.

—Esto es mejor que cualquier cosa que haya probado en Fráncfort —dijo el Dr. Classen.

El abuelo sonrió orgulloso.

—Eso es lo que necesita Clara —dijo—. La comida sana y el aire fresco de la montaña harían maravillas con la salud de la niña. Estoy convencido.

Después del almuerzo, llegó un hombre con una caja grande con los regalos de Clara. Heidi los abrió todos emocionada. El que más le gustó fue la caja de pasteles para la abuelita de Pedro.

—¡Quiero llevárselos ahora mismo! —dijo Heidi.

Mientras bajaban por el camino a la cabaña de Pedro, Heidi dijo: —Nada me podía haber hecho más feliz que la visita del doctor.

El Dr. Classen sonrió, pero por dentro se sentía emocionado.

Días de escuela

En octubre, apenas un mes de la visita del Dr. Classen, empezó a nevar en las montañas y el abuelo y Heidi se mudaron a Dörfli con sus cabras. El abuelo había encontrado una casa vieja y destartalada cerca de la iglesia y la había dividido en dos secciones: una para las cabras y otra para él y Heidi. Había una gran estufa que mantenía la casa cálida y unos cuadros muy lindos en las paredes.

Heidi empezó a ir a la escuela y le gustaba mucho. Siempre esperaba con ilusión que Pedro llegara a la escuela montado en su trineo. Pero muchos días, Pedro no asistía a la escuela, ni siquiera cuando hacía sol y no le hubiera costado trabajo llegar.

—¿Por qué no vienes todos los días a la escuela? —le preguntó Heidi un día. Pedro estaba avergonzado y al principio no sabía qué decir.

—Todavía no sé leer —confesó finalmente—. Y la escuela me resulta muy difícil.

—Puedes aprender —le dijo Heidi—. Yo te puedo enseñar.

Pedro protestó, pero Heidi le convenció de que podía. Empezó a enseñarle el alfabeto, como le había enseñado a ella el Profesor.

Pedro empezó a ir a la escuela con más regularidad y todas las tardes se sentaba con Heidi para aprender nuevas letras y palabras. Para la mitad del invierno, Pedro ya podía leerle a su abuela del libro de himnos, lo que le hacía muy feliz.

Una carta

El invierno en Dörfli pasó rápidamente para Heidi. Muy pronto llegó mayo y los riachuelos de la montaña bajaban llenos de agua hasta el valle alimentados por la nieve derretida. Había llegado el momento de que Heidi y su abuelo regresaran a los Alpes.

Heidi corría por todas partes, mirando las nuevas flores silvestres en la hierba, sintiendo el cálido sol en sus mejillas y escuchando el viento soplar entre los pinos. No sabía lo mucho que había extrañado todo.

Pedro también había regresado a cuidar las cabras. Los animales también estaban felices de poder pastar la hierba fresca de la montaña. Todas las mañanas, Heidi iba a visitar a Pedro y disfrutaba de tener tiempo libre para estar con él.

Una mañana, Pedro tenía algo para Heidi.

—El cartero me dijo que te diera esto —dijo.

¡Era una carta de Clara! Heidi estaba emocionada y corrió a leerle la carta a su abuelo.

—"Querida Heidi —decía la carta—: ¡Vamos a ir a visitarte! Esperamos poder ir en seis semanas, después de que me den unos tratamientos. Mi papá tiene que ir a París, pero mi abuela vendrá conmigo. ¡Estoy deseando verte! —

Heidi se sintió aliviada de que la Srta. Rottenmeier se quedara en Fráncfort. La carta iba firmada con: "Tu verdadera amiga, Clara".

Heidi pensaba que iba a estallar de alegría. ¡Clara por fin iría a la montaña!

Un día de junio, Heidi vio una gran procesión que subía por los Alpes. Dos hombres cargaban una silla de ruedas sobre dos palos. Encima iba Clara sentada y bien arropada con mantas y sarapes. Detrás de ella iba su abuela a caballo.

—¡Están aquí! —gritó Heidi saliendo a buscar a su abuelo. Juntos bajaron a recibir a los invitados.

Pusieron la silla de ruedas en el suelo con mucho cuidado y Clara miró el lugar maravillada.

—¡Es tan lindo! —dijo—. ¡Ojalá pudiera correr y ver todo contigo, Heidi!

—Yo te lo mostraré todo —dijo Heidi. Empujó la silla de ruedas de Clara hasta los pinos para que Clara pudiera oír el viento. Después llevó a Clara a los establos para que viera a sus cabras preferidas *Blanquita* y *Diana*.

A la hora del almuerzo, la abuela no podía creer que el aire fresco de la montaña le hubiera abierto tanto el apetito a Clara.

Más tarde, ese mismo día, Heidi les mostró a Clara y a su abuela su cama de paja fresca en el altillo.

—¡Qué habitación más maravillosa tienes! —exclamó Clara—. La paja parece tan cómoda y puedes ver el cielo azul por la ventana.

—Si tu abuela da permiso —dijo el abuelo—, nos haría muy felices que Clara se quedara unos días con nosotros.

—Creo que le haría muy bien —dijo la abuela con una sonrisa—. Se lo agradezco de todo corazón.

Heidi y Clara se miraron radiantes y empezaron a planear todo lo que harían juntas.

A la mañana siguiente, Heidi y Clara se sentaron fuera de la cabaña. Clara respiró el aroma de los pinos. Ya se sentía mejor que en Fráncfort.

El abuelo les llevó unas tazas de leche fresca y cremosa.

—Esta es de *Blanquita* —dijo—. Bébela, Clara. ¡Te pondrá fuerte!

Pedro llegó muy pronto, esperando que Heidi fuera con él.

—Está aquí Clara y hoy no puedo ir, ni mañana ni pasado mañana —explicó Heidi— . El abuelo dijo que nos llevaría un día a los pastos, pero de momento me quedaré aquí con Clara.

Pedro frunció el ceño pero no dijo nada. Dio media vuelta y se alejó con las cabras todo lo rápido que pudo, sin mirar hacia atrás en ningún momento.

Heidi y Clara le habían prometido a la abuela de Clara que le escribirían todos los días, así que Heidi sacó lo que necesitaban de la casa y escribieron sus cartas bajo la luz del cálido sol.

El abuelo dijo que Clara necesitaba mucha luz del sol y aire fresco. Después de almorzar, Heidi puso la silla de Clara bajo la sombra de un árbol, donde la brisa despeinaba su cabello. Pasaron la tarde contándose todo lo que habían hecho desde la última vez que se vieron.

Cuando el sol empezó a bajar, Heidi vio que Pedro volvía con las cabras y le llamó. Pero Pedro no contestó ni giró la cabeza.

Un regalo de la abuela

Durante las siguientes semanas, el abuelo sacaba la silla de Clara todos los días y Heidi y ella se pasaban el día al aire libre. Todas las mañanas, el abuelo le decía amablemente a Clara: —¿Por qué no intentas levantarte?

Para complacerle, Clara siempre lo intentaba y se apoyaba en su brazo.

—¡Ay, duele! —gritaba. Pero todos los días el abuelo la animaba a quedarse de pie durante unos segundos más.

Las niñas desayunaban y almorzaban al aire libre. A Clara le gustaba mucho la leche de cabra que el abuelo le daba y se la terminaba incluso antes que Heidi.

Con el aire fresco y la comida sana, Clara dormía muy bien por las noches y siempre amanecía descansada y feliz. Un día, las niñas vieron a dos hombres que subían la montaña. Cada uno cargaba en su espalda una cama. También llevaban sábanas blancas, frazadas, almohadas y una carta de la abuela.

La carta decía que las camas eran para Heidi y Clara. Heidi tenía que llevar la suya en invierno a la casa de Dörfli para que estuviera cómoda y la de Clara se podía quedar en la cabaña del abuelo hasta la siguiente visita.

El abuelo quitó la paja del altillo y ayudó a los dos hombres a subir las camas por las escaleras. Las colocó en el lugar perfecto para que las dos niñas pudieran ver el paisaje por la ventana.

—De ahora en adelante, dormiremos en camas normales —dijo Heidi feliz, y las dos niñas se rieron.

Primeros pasos

Una mañana soleada, el abuelo accedió a llevar a las dos niñas a los pastos donde Pedro llevaba las cabras. Sacó la silla de Clara y después entró en la cabaña a buscar a las niñas.

En ese momento, llegó Pedro. Desde que Clara había llegado, Heidi no pasaba tiempo con él y Pedro andaba enojado. Cuando vio la silla de ruedas de Clara, le entró un ataque de ira y la empujó con todas sus fuerzas. Sonrió al ver cómo la silla bajaba dando vueltas por la ladera de la montaña y se rompía en mil pedazos.

El abuelo no sabía qué le había pasado a la silla, pero les aseguró a las niñas que aun así irían a los pastos. El abuelo llevó a Clara a cuestas y cuando llegaron, la dejó en la hierba al lado de Heidi y la tapó con una frazada. Cuando Pedro las vio, frunció el ceño y se alejó.

—Ojalá pudieras ver las flores silvestres, Clara —dijo Heidi un poco más tarde—. A lo mejor Pedro y yo te podemos llevar para que las veas.

Pedro no quería saber nada de Clara, pero cuando vio que realmente no podía andar, se arrepintió de lo que había hecho y corrió a ayudarla. Entre Heidi y Pedro consiguieron que Clara se levantara. Entonces Heidi la animó suavemente para que diera un paso.

—Duele —dijo Clara—, ¡pero no tanto como antes!

Clara dio otro paso y después otro más.

—¡Heidi, mira! —gritó—. ¡Puedo andar!

La abuela de Clara iba a ir a buscarla en unas semanas y todos los días, el abuelo y Heidi ayudaban a Clara a dar más pasos.

Cuando por fin llegó la abuela, casi no reconocía a su nieta.

—¡Tus mejillas están tan redondeadas y rosadas! —exclamó—. ¿Y dónde está tu silla?

En lugar de contestar, Heidi ayudó a Clara a levantarse. Juntas, caminaron hasta la abuela, con la cara radiante.

La abuela se quedó sin aliento. Después empezó a reír y a llorar al mismo tiempo y abrazó a Clara feliz.

Al día siguiente, a Clara le esperaba una gran sorpresa. ¡Su papá había llegado de París! Cuando vio a su hija andando hacia él, se emocionó tanto que no pudo ni hablar. Tomó a Clara en sus brazos y la besó una y otra vez.

—Nunca se lo podremos agradecer lo suficiente —le dijo el Sr. Sesemann al abuelo más tarde—. Dígame qué desea y se lo conseguiré.

El abuelo dijo que su mayor recompensa era ver a Clara crecer sana, pero Heidi le preguntó si podría regalarle la cama de Clara a la abuelita de Pedro. Quería que estuviera caliente durante el invierno.

Lamentablemente, llegó la hora de despedirse. Las niñas se abrazaron y Clara prometió que volvería el próximo verano.

Heidi se despidió con la mano hasta que se perdieron de vista. Después regresó con su abuelo a su casa, muy feliz. La amabilidad de Heidi había hecho feliz a mucha gente y sobre todo, había transformado la vida de su abuelo.

Acerca del autor

EL MAGO DE OZ

Lyman Frank Baum nació en Nueva York en 1856. Creció en una familia de dinero y ejerció muchas profesiones, desde actor hasta criador de aves y dueño de una tienda de baratijas. Se casó con su adinerada esposa en 1882 mientras estaba de gira con su obra La doncella de Arran (The Maid of Arran). Fue su madre, la sufragista Matilda Josilyn Gage, quien animó a Lyman apublicar sus creativas historias. Su primera novela fue publicada en 1899 y El Mago de Oz se publicó al año siguiente. Fue tan popular que los lectores demandaron más cuentos de Oz, por lo que Lyman terminó una serie de 14 libros. Murió en 1919.

MUJERCITAS

Louisa May Alcott nació en Pensilvania, Estados Unidos, en 1832, y fue la segunda hija de cuatro hermanas. Su familia no era rica, así que ella debió trabajar desde joven como maestra, institutriz, ayudante doméstica y escritora. En su vida adulta, Louisa se convirtió en una apasionada feminista, y fue la primera mujer votante registrada en Concord, Massachusetts, en una elección para el comité escolar. Modeló a la familia March de Mujercitas según su amada familia, y a Jo March según ella misma. Como Jo, ella era un espíritu libre, y amaba aprender y expresar su opinión. Louisa murió en Boston, el 6 de marzo de 1888.

ALICIA EN EL PAÍS DE LAS MARAVILLAS

El verdadero nombre de Lewis Carroll era Charles Lutwidge Dodgson. Nació en 1832 en Cheshire, Inglaterra. Lewis estudió en su casa hasta los doce años y después fue a la escuela Rugby de Warwickshire. Más adelante fue a la universidad Christ Church en Oxford, donde estudió matemáticas. Cuando se graduó, trabajó de profesor de matemáticas en la Universidad de Oxford. Lewis no tuvo hijos, pero le gustaba contar historias a los hijos de sus amigos, a los que les encantaba oír las extrañas aventuras de Alicia en la tierra mágica. Alicia en el País de las Maravillas se publicó por primera vez en 1865. Carroll continuó contando cuentos hasta que fue muy mayor y murió en 1898 en casa de su hermana en Surrey.

HEIDI

Johanna Louise Spyri nació en 1827 en Hirzel, una pequeña montaña de Suiza. Creció con seis hermanos en una casa llena de libros y música. Se casó a los veinticinco años y tuvo un hijo. A Johanna le gustaba viajar y pasó gran parte de su vida adulta trabajando para organizaciones benéficas. Heidi está basado en la zona de los Alpes donde Johanna pasó muchos veranos de su infancia. El libro se publicó cuando Johanna tenía sesenta y cuatro años y su gran éxito le tomó por sorpresa. Johanna murió en el 1901, a los setenta y cuatro años de edad. A lo largo de su vida escribió más de veinticinco libros, pero el de la dulce Heidi es el que siempre será adorado en todo el mundo.